U0133686

中国行吟诗人文库　第一辑

月光正照着沉默的诗人

刘起伦　著

天津出版传媒集团

百花文艺出版社

图书在版编目（ＣＩＰ）数据

月光正照着沉默的诗人 / 刘起伦著 . —— 天津：百花文艺出版社，2023.5
（中国行吟诗人文库）
ISBN 978-7-5306-8531-0

Ⅰ . ①月… Ⅱ . ①刘… Ⅲ . ①诗集－中国－当代 Ⅳ . ① I227

中国国家版本馆 CIP 数据核字 (2023) 第 094653 号

月光正照着沉默的诗人
YUEGUANG ZHENG ZHAOZHE CHENMO DE SHIREN
刘起伦　著

出 版 人 : 薛印胜
责任编辑 : 张　雪
装帧设计 : 鸿儒文轩・末末美书
出版发行 : 百花文艺出版社
地址 : 天津市和平区西康路 35 号　邮编 : 300051
电话传真 : +86-22-23332651（发行部）
　　　　　 +86-22-23332656（总编室）
　　　　　 +86-22-23332478（邮购部）
网址 : http://www.baihuawenyi.com
印刷 : 三河市华东印刷有限公司
开本 : 787 毫米×1092 毫米　1/32
字数 : 120 千字
印张 : 7.5
版次 : 2023 年 5 月第 1 版
印次 : 2023 年 5 月第 1 次印刷
定价 : 52.00 元

如有印装质量问题，请与三河市华东印刷有限公司联系调换
地址：三河市燕郊冶金路口南马起乏村西
电话：19931677990　邮编：065201

总序

行而吟，风光无限在远方

李立

书山有路勤为径。路有千万条，各有各的宽窄长短，各有各的平坦坎坷，各有各的气韵风范，各有各的荆棘繁花，各有各的痴情拥趸，各有各的天作归宿。

随着季节的更迭交替，路的心境也随之变幻，冬去春来，兴衰枯荣，岁月苍茫，梦呓不绝。

丰富多彩的因缘，成就了路的高深渊博。

诗歌的因子因此而腾空漫舞。

行，不一定是诗，却可分娩诗。能吟的诗，不仅是行吟诗。

风无处不在，只有流动了，才叫风。

大千世界，烟火人间，历久弥新的日月星辰，目之所及，诗意比比皆是，只有诗人将之挖掘、提炼、熔化、锻打、淬火、吟诵出来，才叫诗。

呐喊、呻吟、抽泣、嬉笑、追逐、情爱、春种秋收的生产活动，大自然的鬼斧神工、虫鸟舞蹈、电闪雷鸣，只要被诗人的灵感捕捉到，并赋予其灵动、灵气、灵性、灵魂，行吟诗歌便脱茧成蝶。

给心灵插上绚烂翅膀，使其欣然遥赴远方信约，在脚步无法到达的尽头蹁跹，万千姿态妖娆妩媚，抑或音色铿锵激昂，低吟浅唱间灿如星星闪烁的文字，光芒四射，照亮和温暖寂寥的长亭雨巷。

行是情怀，吟是才华。行吟是匠心独运、热忱赤诚，于天地万物之间采摘精华，雕琢成字字珠玑、睿智夺目的诗行。

只有站在高处的雪，如珠穆朗玛峰上的白色精灵，才能始终保持冰清玉洁、晶莹剔透。高处不胜寒，孤独和寂寞是雪的良师益友。

把雕琢文字视作生命的不懈追求，并为之挑灯夜战、奋斗不息、孜孜以求，方可书写出惊天地泣鬼神的旷世之作，这才是真诗人该有的崇高追求和态度。焚香沐浴，诚挚以待，善良和痛苦是诗人的笔与墨。

"语不惊人死不休"，这是诗人杜甫的态度，成就了草堂主人的苦难和幸运，亦是他传世不朽的千古谜底。血肉成灰，诗魂长存。

　　只有能抵达良知本真的人，才能抵达诗歌的远方。

　　水，无所不能。在汪洋大海可以汹涌澎湃，在大江大河可以欢歌，在水库湖泊可以妩媚多姿，即便是在高山峡谷处一个小小的坑洼里，内心也照样可以装下整个浩瀚的碧空。

　　行吟诗，确实神通广大。可以上天入地，可以博古通今，可以高亢激昂，可以喁喁私语，可以厉声痛斥，可以甜言蜜语，可以指点江山，可以吟诵烹饪，可以抽薹开花，可以枯萎凋零，可以披星戴月，可以苍茫辽阔，可以……

　　于不同的时间和地点，构筑起不一样的绚丽华章。

　　江山草木，流云走沙，天地腹语只要和诗人的灵魂结合在一起，行吟诗就有了生命。

　　戴着镣铐的脚步，套上枷锁的思想，所行所吟只会局限于方寸之间，犹如井底之蛙，无缘领略海阔天空的高远，了无风起云涌的境界，绝无行云流水的格局。欠缺鹰的高度、眸光、翅膀和雄心，满眼就只有麻雀的世界。

　　行而吟之，诗如其人，给岁月雕琢一副性格鲜明的背影。如本诗丛诗人刘起伦的沉博绝丽，田禾的匠心独具，蒋雪峰的独有千秋，罗鹿鸣的自成一家，汪抒的翻空出奇，向吉英的清新明丽，张国安的含蓄隽永，肖志远的婉约细腻，无不跃然纸上，过目难忘。

　　大自然是行吟诗歌的温床。行而吟，风光无限在远方。

2022 年 8 月 8 日于深圳

目 录 *contents*

辑一　行走的姿势

辑二　一个人的河流

辑三　芦淞诗篇

辑四　月光正照着沉默的诗人

辑一

行走的姿势

夜宿壶瓶山

一路的山道弯弯，峡谷幽深，危崖陡峭
像无可救药的爱情，被山上罡风压制在山下
我们在暮色四合时分抵达东山峰顶
这湖湘大地的制高点，离天近了，离神仙也近了
这是今天行程的终点。我们在此下榻
有人想明天赶早，看日出，照耀辉煌前程
我却喊来一场夜雨。雨，无限加深山中之夜
独留下梦，这唯一干净的芳香之地
我只想做自己的神仙

2015.5 常德石门

在石霜寺

石头上的霜迹，在秋阳暖暖照着时
收敛昨夜梦痕。我们到来时
石霜寺整个儿被镀成金身。庙宇庄严
连围绕四周的树木都显得宝相森严
钟磬响起，梵音绕梁
诵经声让我们内心肃穆
时值正午，我看见
寺中香烟和附近农舍的炊烟
以相同曲线，袅袅升起并接近蓝天
我感动于此时此刻眼中看到的
和心中感受到的
譬如，寺前坪地晒着的稻谷
人间食粮，有比黄金更接近太阳的
颜色，让人温暖而踏实
朝圣出来，在附近农家吃土菜喝谷酒

灵魂朴素而打开，敞亮且幸福

一如坪地啜饮阳光的稻子

2016.11.6 浏阳

山居，给曹清华兄

车到山顶已是傍晚

风，鼓荡每个人雀跃的心

千里的波浪线奔涌入眼底。暮霭里

群峰谦逊，拱手作揖，仿佛四海之内的兄弟

我们下车，徐行，感受净界不可多得的清凉

不远处山居人家，是今晚的归宿

一阵人间的香味飘来

夹杂出尘的清愁

不用说，也知道生米正走在成为熟饭的路上

白云那么低

轻易就把人间的炊烟接走

清晨，在酒埠江改诗

26℃。标记炎夏山中的清凉

用来形容水边的阿狄丽娜

柔曼的细腰，颇为恰当

阳光的金笔尚未点醒对面群峰

我选择酒埠江右岸一块顽石坐下

让自己变成一个象征，占领心灵

轻风吹送，不会将我带走

却将昨夜抵达的一堆诗句

送往湖畔、山中的每一条小路

甚至将马匹送往白云

让它们在天空、山野先撒野一会儿吧

待新鲜空气甜透我心肺，完成体内循环

我将踏着众鸟和鸣的节奏，耐心地

将它们一匹匹牵回

拿出推倒重来的勇气

并服从内心自由的排列组合

然后目送这崭新的队形，重新出发

在遥远的地平线指引下

在小水电站

高山有好水

从好水的灵动里谋取电

就像从夜空谋取星斗，人为的欢欣

也能掏空内心黑暗

而自明的神，让群山浮游

乾坤与我，互有会心

因而允许晚风拭去感恩的泪水

让我在仙境与人间切换时空

我把言辞交给夏虫，独自选择沉默的笙箫

我只需要一个唯美象征

完全占据一首静谧之诗的诗眼

无疑，我看中了天上跨越三界的那枚

薄成银刀的半月

与瀑布合影

所有的坚持

只为这一刻的不再坚持

——坠落得如此悲壮而唯美

我们之间达成的和解

是天空与深渊在相互的深情回望中

完成一个从匍匐到站立的仪式

你看，彩虹出现了

这人间的合欢，足以让我们

原谅彼此，也原谅自己

大围山

大到竹林如海，松涛阵阵，失散所有词语的马匹
大到你围住四季、斑斓的色彩和炎夏清凉
大到比我希望还大
围住一场冒失的大雨、夜，以及我一生爱怜

再见，大连

海风与山风，交织着吹
我认定，是黑管与长笛的合奏
汇集海的低吟和金门红高粱的高音
在大连，一次次醉在友情里
错把棒棰岛的太阳花
看作故乡田野的向日葵

2018.7.9

虫鸣如瀑，淋湿暮色又浸透我灵魂

占据路边的这些大树的树梢

仿佛占领道德制高点

它们鸣叫。这些山里的虫子在发声

以各自声频，汇聚成大合唱

它们是真诚的

胜过人类的假嗓子、装腔作势、虚情假意

或急剧凄厉，或舒缓悠扬

凄厉者仿佛要彻底掏空内心愤怒

以装下暮色中苍茫之爱

舒缓者又像为西坠的夕阳唱着挽歌

也可能是为即将东升的明月唱响

序曲或赞歌。如果它们的鸣叫坚持到深夜

这一切只是我个人猜想

排除可能的误解，能够客观描述的是

这里山高林密，暮色四合

虫子们的鸣叫如瀑布，从高处落下

溅湿我的头发和皮肤，并将一种清凉

浸入灵魂，让我不容置疑

确信这些山里的虫子及其与生俱来的鸣叫

就像确信自己一定会在夜深人静时

写下一首致敬之诗

恰恰又是为了向夜晚奉献自己的沉默

2018.7.30 大围山

老虎滩的傍晚

晚霞收回了它的花絮和金边

我保留一份想象的权利

海风轻轻吹着口哨

在这个陷入神秘的时刻

一群把衣裳搭在夜空的老虎，在沙滩

和白花花的人类

蹚着月光，蹚着海水

海无尽头，灵魂亦无尽头

我将无限地想象

从万千条幽暗的晖光中逐一收拢

我必须为某些事物找到结句

2018.8.5

在呼和浩特

昨夜与今晨

都在诗之外。海拉尔大街比我想象的冷静

头北脚南，我枕着东西走向的阴山

历史在我深深浅浅的鼾声中渐趋平和

胡马，胡马，今安在？

长风吹着我辽阔的思绪，吹着草原

2018.8.14 呼和浩特

峨眉秋雨

湖南汉子，明亮如太阳的温情

那是我的早晨

不排斥成都小雨的缠绵

仅仅两个小时，机翼便跨越二十六年

积攒的柔情，伴我山高水长

一路走到今天。雨，让一座名山

平添几分神秘、妩媚和沉静

这样的秋雨，下在川蜀，落在峨眉

是一首诗的韵脚

配合我的怀念

想到今晚，雨暂歇，我将披着夜色漫步

挽着风，如挽一个写诗的小女孩

中年的心，把一轮秋月

抱在怀里。当山中之夜深如湖水

我要听她悠扬的船歌

2018.10.18 峨眉山平湖山庄

在金顶

到达金顶时，恰好云开雾散
佛，露出金身，慈眉一笑
我们之间省略了言语。我已福至心灵
我来了，带着雨水洗净的灵魂
绕佛座三周
我的虔诚让我相信，我的三生
被佛看在眼里，记在心里

2018.10.19 峨眉山

重返乐山

居然有近乡情怯的感觉

原来，二十六年来

灵魂深处，已将它作为故乡

青春作伴，于此处走出诗歌的童年

留下一段可昭日月的情怀，激情又隐秘

悄悄滋养心灵这么多年

楠楼宾馆，雨打芭蕉的夜晚

诗人们彻夜长谈，多像春天的告白

又像岷江、青衣江、大渡河，三江合流

然后流向未来与远方

唯大佛端坐在夜的顶端，拈花一笑

又将沉默的黑暗揽在身边

今天，重返乐山

天命已知的我没有上山，隔着岷江

长久眺望对面山峦

江水浩浩，无声述说遥远的往事

一群洁白的江鸥，贴着江面飞翔

颇像分别多年的亲朋

2018.10.20 乐山

出发：从长沙到法兰克福

长虹卧波。一首浪漫之诗
出发时，已绰约在意识里
跨越欧亚大陆，从子夜的长沙到法兰克福
唯美地展开一次自信的文化之旅
此刻，我不知道身处何处。但知道
这是祖国的早晨，平时
必定脚踏实地行走在建设者的道路上
开启新一天。现在，在三万八千英尺高空
放平身体与心态，试着在经验主义范畴里
论证地球是圆的这古老真理
而这只巡游天河的鲲鹏，凭着夜色掩护
在做智力游戏，模糊时空概念又验证相对论
通俗点说吧，用速度换时间
七个小时，像一笔意外奖金收入囊中
顺带将运动的轨迹改写成一首诗

最有意味的长句

且用异国城市的日出画下句号

夜幕下的莫斯科是一朵冰凌花

所谓机缘巧合，就是

在对的时间对的空间

一次心灵的偶然花开。CZ331 航班

在深不可测的夜空航行。飞了多久，不知道

飞了多远，不知道。我只知道

福至心灵。当我突然从梦里醒来

打开舷窗，看到如此美妙的夜景

一个城市的万家灯火

现在，可以告诉你了——

你看到的这幅手机拍摄的美图

一朵五彩斑斓的冰凌花

是夜幕下的莫斯科

一支古典的歌，永恒的旋律

再一次拨动我心弦

俄罗斯上空的月亮

打开飞机航程图，才知道

"大鸟"正遨游在莫斯科上空

这让我惊喜！从舷窗俯瞰和眺望

俄罗斯广袤大地的万家灯火在闪耀

瓦蓝夜空的星星，清晰在各自星座上

我将看到的一切

与半百人生经验和知识积淀，比对着

觉得缺少了点什么

哦，雪

应该有雪的。只不过在夜的高空看不见

但我分明看见十二月飞旋的风雪中

为爱决斗的普希金，吟哦白桦林的帕斯捷尔纳克

我还在寻找。反转身子，往后眺望

天哪！一弯残月，孤独又高傲地

挂在机翼之上，像喀秋莎、茨维塔耶娃

或某位古典情人忧郁的眼睛

我知道，我找到了
俄罗斯的月亮。诗人之月
清冷的光芒，照亮多少白银时代的诗心
此刻，无限温存地
让一个中国诗人内心圆满

参观汉堡海事博物馆

每个人都自带一片海水来

带来经验主义最辽阔的疆域。无一例外

会在瞬间消弭于无形。这里

叠加全球所有海洋

面对浩瀚无垠的深蓝，我知道

只灵魂有资格与大海对话

这里，书写着人类漫长的航海史和海战史

实物和模型，辈分交错

都向你演绎文明与野蛮、发现与掠夺

海盗逻辑和强权政治

目光，一遍遍抚摸岁月沧桑

谁说汉堡漫长的冬季

只适合生长忧郁之诗？在这里

在世界最大的海事博物馆

当无数惊叹号，像桅杆和风帆

树立在一个中国军人脑海之时

我周身血管，鼓荡的

是一首惊涛骇浪的奔涌之诗

溯着时间永恒的航道，在这里

我偶遇郑和、北洋水师

重走一遍海上丝绸之路

也欣喜地看到"辽宁"号

自始至终，我屏住呼吸，奉献沉默

自始至终，我步履沉重却坚定

所有智慧和人生经历都在提醒我

心中罗盘，一丝一毫也不能偏离航线

信仰之光，才能穿越烟云和迷雾

我相信，从这里走出去

没有人再愚蠢到认为历史是虚无的

没有人对现实视而不见

认为一个国家、一个民族

敢于与时间对峙，裹足不前，不思进取

——你看，万船竞发，不舍昼夜

疾行在从历史到今天向未来的航道上

谁丢失自己的坐标、方位和航速

谁将空留遗恨

伴随海鸥声声凄厉的鸣叫

作泰坦尼克号那船的冤魂

慕尼黑奥林匹克公园湖里的白色水鸟

形容词般生动柔软的白色水鸟

与我约好了在奥林匹克公园人工湖相见

冬季珍稀的阳光、蓝天、白云

参与并见证这温情的一幕

人到中年，我有意淡化

那些让人过于动情的事

比如它们没渲染自己在此经历了漫长的等待

我也不强调如何喊山喊水，不辞万里之遥

比预期都好，平静大于激情

克制又放松。我们忽略主客之别

优雅、谦逊、彬彬有礼

彼此奉献的沉默里

有我不曾阐述的，一种相思的模糊数学

以及人生的深刻奥义

有它们含情脉脉，自始至终没说出口的

浮光掠影的爱情

它们深知留不住一个异乡客

我也清楚不可能带它们回中国湖南

放飞其梦想于湘江或浏阳河

我此刻能做的

是当吹过伊萨尔河的季风

再一次吹动阳光

吹皱一湖波浪与涟漪，迅速按下手机快门

留下一张可资怀念的照片

你看，照片中，满湖的水凝固成白银

我们却不想用爱，困住

彼此的飞翔

马赛：我们在茂密的阳光中走马观花

完全出乎意料

阳光奢侈而热辣。在慕尼黑登机时正下冷雨

原以为此地也该有一场雨，为我们洗尘

雨，可以下得不够激烈

或者说，它的慢性子不必跟上

《马赛曲》激昂的旋律。这是我所希望的

更吻合一个中国诗人内心的柔情

如能浇灭"黄马甲"这些天

在阿维尼翁，在凯旋门和香榭丽舍大街

点燃的怒火，更好

第一次踏上这个国家的土地

我期待一次和平之旅、文化之旅、诗之旅

从没想过浪漫之旅

却不愿被突发事件拽住，跳出

经验之外，毁灭多年意识深处豢养的美好

现在，阳光茂密如瀑，从马赛到蒙彼利埃

高速公路奔驰的两小时

阳光，可以不含蓄；我，却假装不激动

有人用手机

一遍遍反复播放同一曲激越。我和我的同事

在马赛，在同一首歌里

用自己的好心情

诠释一个中国成语

在阿尔勒，与凡·高偶遇

在阿尔勒。冬季，下午四点
短暂却丰富的阳光里，我们参观了
两千年前的古罗马竞技场，再信步来到
生意越来越好的黄咖啡屋。我以为
与凡·高，只是偶遇
他告诉我，已在此等了一百多年
来一杯热咖啡，最好的话题
都方便自然转换。从艺术到人生，完成
一次心灵会晤。离我们十米远
米斯塔尔，头戴礼帽，留山羊胡子
右手拄一根文明棍
这位获得 1904 年诺奖的诗人
像后生晚辈、小镇名流，恭敬地站在那儿
没得到允许参与我们的交谈，便始终
保持不变的站姿、礼貌和沉默
倒是市政大楼上空近百只鸽子

更具诗人风范。起飞、盘旋

像灵感倏忽而至，以个性彰显的自由方阵

为我们送行。我们和流经小镇的罗纳河

以相同的方式告别

不同的是，罗纳河流动欢快又顺畅

我们的车刚出小镇，便被"黄马甲"拦在路上

几经周折，得以继续前行

作为来做学术交流的中国人，对他们

不便评说。但不妨碍我

始终保持好心情，想着

凡·高的向日葵，每个叶片疯狂又孤独

在一种简洁明亮的黄色里

糅杂着永恒的嫉妒、痛苦和热爱

在阿维尼翁发呆

法国是个浪漫随处奔涌的国度

比如罗纳河激情向南。昨天,我们在阿尔勒邂逅

今天又相约在阿维尼翁重逢

车在高速公路,跟着感觉走

我在想,像不像当年的毕加索

情之所至,便把一群少女,一个个按进画布

让全世界为之睁大眼睛

今天的阿维尼翁,颇像羞涩恬静的古典美人

披一身冬日温煦的阳光,独立在

神权与王权之外,只为一位中国诗人的到来

我同样敞开心扉,任干净的阳光直抵心田

让一种情感,像夏天的薰衣草

在灵魂处自由茂密地疯长

今天,在这异国的古老城市

不问权势,不求田问舍

甚至不问情为何物

只需浮生半日，在此静静发呆

普罗旺斯的晚霞

从阿维尼翁回蒙彼利埃

七号公路转九号。那一刻

普罗旺斯的晚霞，在天空的镜子里

映出薰衣草的前世今生

沃克吕兹群山多么恬静。晚霞，盛满大地的杯盏

该醉的醉了，该醒的醒着

我们乘坐的奔驰，像是受到

阿维尼翁少女多情眼眸的鼓舞，激情难抑

欢快地奔驰着。我的心

因思念而安静

像罗纳河绵绵不绝的静水深流

HB 酒馆卖甜面包的匈牙利姑娘

HB 酒馆铜管乐吹得多么劲爆

吹得食客们的心，摇曳

如北风中的阔叶植物

殷勤穿越如燕子，那个匈牙利姑娘

飞到我们餐桌边

笑靥如花，眼里流蜜

举着一个镂空的甜面包圈

对颜值颇高的于淼

抛出一串甜言蜜语

李丽刚赶紧翻译——

"嘿，帅哥，我有七窍玲珑心。每颗三点七欧元"

淼哥掏出七欧元。买一送一

姑娘允许我们用手机留下她的倩影

蒙彼利埃大学校园的苦楝和猫

有着七百多年历史的蒙彼利埃大学，必定

带来期待中的收获和意料之外的惊喜

南部早晨的阳光，热情洋溢

深谙待客之道

出于礼貌，我们比约定时间提前到达

却不忍心打破浪漫的法国人

约会向来迟到的习惯

如今中国人自信，足以原谅和忽略别人的随意

片刻时间，我们正好打量校园

增加一些感性认识。举目四望

这里的一切，在沉稳中显出新鲜活力

突然，一只猫跑过来

形象、气质和身材，与我在湖南见惯的野猫

别无二致。甚至，它突然发出的一声叫声

也一样。我一度怀疑

是不是居住小区的某只，不声不响

来此留学。如果是，便是他乡遇故知

如今通信这么发达，也不需我为它捎话

它打声招呼，匆匆跑开

去上课或做实验了。看来念个学位并非易事

有两株树引起我关注。叶子差不多落光

是满树蜡黄的小果子，让我认定是苦楝

求助网络，得到印证

这是法国苦楝，没有湖南同类树高大挺拔

树冠蓬松多枝，因此更显果实密集

两棵苦楝，必是资深学者

获得终身教职。是坚持和沉思

让他们结出累累硕果

我保持适度敬意走近他们。同时想

树与猫，静与动

一种坚持与灵动，一种象征

在语言文字之外，形象与举止，加深我们

对这所古老大学的印象和理解

巴黎，我们来了

不能因为某些意外

轻易更改既定的交流计划。学术是严谨的

当年唐僧取经，历九九八十一难

九死而一生，不达目的不罢休

还在汉堡，就从电视看到惊心的场面

"黄马甲"蚁聚在凯旋门、香榭丽舍大街

激愤、冲动，一把又一把怒火

烧掉我对于一个国家、一个城市的美好期待

在马赛、在阿尔勒、在蒙彼利埃，亲见他们

像凡·高的向日葵，色彩明亮地怒放在高速路

阻碍我们的行程

有人说，要想知道多爱故乡

就到异国他乡流浪

当然，我们不是流浪，是骄傲的出访

我忍不住一再思考

一个国家就像一个人，必须有

健康的肌体、理性的思维

才能把好日子过成明净的流水

如果像这些天，时差总倒不过来

生物钟紊乱，难免焦躁上火

好在祖国在心中

现在，我用右手抚摸胸口，感受到

一种强烈的搏动，一种难以抑制的倾诉

一种爱，让我身处异国寒冬

既热血奔涌，又心平气和

现在，我对这座还在动荡的城市

坦然说，巴黎，我们来了

在去张家界的列车上

隔壁包厢

那个大嗓门妇女高声话语

像粗糙尖锐的石子，铺满一路

疾驰的列车，不时颠簸一下

又像一道栅栏，坚定地

拦在我的醒与梦之间

想想昨天还在巴黎

看见"黄马甲"点燃的怒火

我的心，如此平和安静

我极具耐心，将栅栏一一拆除

在辽阔的内心，架一堆温馨文火

我知道，此行的目的地

张家界有一场好雪，填平时差

正好煮一壶诗的好茶

2018.12.9 K810 次列车，长沙至张家界途中

张家界的梅花与雪

出现在我眼前的

是寂静、漫不经心的巨幅水墨

我说，我的绽放绝非徒劳

我让一首诗跟上了北风的节拍

在满山翠绿被囚禁后，只我的心

摇曳如初。除此之外，便是听从我呼唤

走下神坛的雪

随心所欲、我行我素、潇洒至极

是我今生今世的挚友

2018.12.13 长沙

可克达拉：我在一支歌里遇见春天的送信人

如果找不到心中那根最隐秘悠长的琴弦

又如何安置好这些流浪的音符？只能是

春雨无缘由地下，伊犁河枉自流

可今夜，满天星星分明重返爱情的白银时代

呵，可克达拉，美丽的草原之夜

我的祖国最柔软的部位！风，吹动辽阔的草原

无论千里万里，都在怀乡者梦里

都在怀乡者梦里啊，我的可克达拉

马蹄踏碎月光和思念，谁还细数

今夜，我又在一支小夜曲里遇见春天的送信人

2019.2.20 长沙

芙蓉楼之晤

一场雨，趁着夜色掩护

先我而至，濯洗古城街道、青石板路

踏着四月的清风，披一袭晨曦

衣襟沾满芷兰之香

——我来也

一如沅水与沅水在此汇合

余生也晚，先作长揖——

少伯公，辛渐兄，别来无恙乎

而楚山含笑不语。在我眼里

楚山不孤

我内心沟壑纵横

峰峦追赶峰峦，诗情绵延不绝

但我实在不敢在你们面前谈诗

千古文采风流，早被少伯公使尽

且用来滋养一颗冰心

在玉壶之中

那我们只叙叙旧，聊聊友谊

说此处江河深长，比拟人间真情

倒也恰如其分

说古城多旧事，而殷勤紫燕报道春风

两岸杨柳，今年又绿出新意

兴高采烈处，岂可无酒

哈哈，二公莫急，我早准备妥矣

来来来，且让我反客为主

先为君斟上，我亦不遑多让

请满饮三大杯

从此别后，浩浩长风，愿青春作伴

所有山高路远

不过是装点灵魂的辽阔无垠

2019.4.13 怀化洪江

去景德镇

——致孙安敏

这是一次预约的远足

雨后初霁，空气清新，沿途风景对应内心辽阔

我想，此刻该说点什么。不为相逢

为胸腑间那一股激荡多年的意气

需要一种隐忍的光芒反复安抚，最终塑成

一尊静穆的瓷器。友人解读出热爱与山水

我默认。且从车窗外信手扯下一缕干净的阳光

编织一阕婉约词中最浪漫的长句——

改变生活的节奏，是在生命的加速度中

寻找新的平衡：譬如灵魂的妙曼与诗歌的慢

2019.12.27 长沙至景德镇途中

在西安，给刘文俊兄

十二月的阳光耀眼。友人说，前几天
冬雨濯洗江天。朔风如古老丝绸
穿越在大街小巷，殷勤擦亮
所有旧话题。在西安，老酒喝成热泪
说不出名字的小吃，咀嚼成经久弥新的友谊
一切在情理之中。比邻大雁塔的不夜城
半片长安月，与人间灯火，交相辉映
苦行的唐僧，威风八面的太宗皇帝
演奏民乐的女大学生，以及网红的不倒翁
占据各自位置，演绎不同的风流
我欣慰，人海之中，朋友须臾不曾丢失
当我远离热闹，回到下榻的宾馆
情不自禁地想

寄语樱花

可以热烈地开
像偶遇一场轰轰烈烈的爱情或欢呼
可以羞涩地开
像恋人眸子里泪水濯洗过的干净火苗
但不可寂寞地开，忧伤且莫名地消散自己的
全部香气，像一声叹息

过往再沉重，也要放下
未来难预测，又当如何
无论晴雨，都实实在在开放自己吧
这不是我想用虚线勾画出的自私的欢欣
这是我们的约定

这是我们的约定——
我来不来看你
都好好开。哪怕最终我们都败于时间的法则

哪怕，留给今年春天的

只一点盲目的壮丽

2020.2.12 长沙

在乡下

开门见山的乡下

每一条河流和小路，都蜿蜒连接

某本家谱。如藤蔓，结满亲情和往事

我是随风而来的客

在城里生活久了，板结的灵魂

需要长出些绿油油的庄稼，才能生机勃勃

需要泥土的气息为自己洗肺

写下一首风姿绰约的诗

诗里站着瘦高的杨树、矮胖的桂花

还有几只喜鹊，落在走村串户的电线上

如跳跃的音符，唱出的全是乡音

我还需要白云，始终飘在故乡的山顶

山间有我安家落户的祖先

不瞒你说，我爱上了乡下亲戚的小小院落

几把矮竹椅，拉着家常，自由又自在

我这一生享受过的最朴素的接风仪式，莫过于

穿堂风殷勤吹来

把亲情，融入一杯浓酽的芝麻豆子茶

2020.7.5 汨罗

花城的早晨

长沙这些天的雨

稠浓，妙曼，多情，略带辣味

被我想象成湘女的情话

六百里加急快马，也休想摆脱她的叮嘱

如果再加上一场友情浓浓的接风酒

注定今晚的梦，旖旎多姿

丰富得让人不知天上人间，他乡为客

和我一起巧妙度过夜晚的

万千花朵，积蓄了足够的香气

成为新一天不可或缺的主题

我要的就是这样一场艳遇，不是等闲能揣度的

是的，我说的是花城的早晨

让我倾心又迷恋。从这一刻定下基调

一天的好心情，在于拉开窗帘

阳光乍现，白云温柔，大地徐徐铺开辽阔

正等待一支生花妙笔

2020.7.12 广州朗豪酒店

沿途的风景

我承认

眼和心，比文字更能准确把握这些动人的

韵致。在水一方，"小蛮腰"婀娜多姿

凝滞了时间和流水，让我忽略高楼与绿树

但我不能将蓝天白云一笔带过

更不能对横空穿越的高压线视而不见

这些激情张挂的繁弦，在天地间弹奏清音

把心灵的旋律送向远方

远方有多远？灵感也不能确定，一首诗

能否给我确切答案。但可以肯定

珠海，是下一个预约的诗眼

2020.7.13 广州至珠海高速公路上

夜

都市的夜

被万家灯火的喧闹伤害。我更爱

乡下无边的寂静，像一个

辽阔谜面，被偶尔的犬吠遥远地射穿

翻倒的酒壶，醉态可掬

一个梦，与群星比肩，该多么幸福

失眠的人也是幸福的

总有人在此刻，在你朋友圈点赞

请保持缄默

千万别问，那个灵魂里的赶路人

是回家，还是又将出发

2020.7.14 凌晨，广州

在深圳福田

缺口、准星、靶子，三点一线

一辈子直来直去

被一种职责贯穿忙碌的半生

满足大于遗憾，也算对得起初心和身份

如今闲下来了，须在日子空白处填词。写下

自驾周游，会友斗酒，放浪形骸

或闲坐饮茶，对着天空发呆

把白云里的马匹牵回故乡，间或

涂鸦几行无伤大雅的歪诗，熨帖自己的灵魂

人生夫复何求

今天，又来到深圳

下榻的东方美爵酒店正对大海。要见的朋友

在来的路上。我瞅准这个时间空当

发一则朋友圈，算作日记——

习惯开门见山的湖南乡下人

现在要学会面朝大海，找准灵感的方位

2020.7.14 深圳福田东方美爵酒店

新的一天

花开一般自然。清晨的深圳

玉树临风，站在身边

我在临海的东方银座十八楼

颇像七月树梢上一只啜饮清露的鸣蝉

想要唱出内心的喜悦

上午是清闲的。烧水煮茶

把一本闲书随意翻开某页，放任追忆与怀想

我更爱伫立窗前，极目远眺

白云如马群，奔入眼帘

丝毫没有黄鹤楼上崔颢的惆怅与落寞

我想对远方的朋友说，心情好极了

面朝大海，我也该学学东坡聊发少年狂

或干脆自喻为一个爱美的小姐姐，揽镜自照

顾盼生辉。我在以灵魂的透彻

阅读这一页辽阔

2020.7.15 深圳福田东方银座

八曲河的傍晚 ①

某些动人时刻

无须精心妆容。比如

八曲河七月的傍晚，一首自然之诗

让我同时感受到

天堂的水声和人间的偶遇

没有谁提醒

我已为水里的鱼儿放弃满手词汇

放慢脚步，静下心来

能听到隐入云层的手指拨响心弦

但我做不到完全静心

满眼的波光粼粼，河畔婉约的垂柳

还有你被微风吹乱的发丝

---

① 诗中提到的八曲河、乌山隶属长沙市望城区。7月18日，浏阳河西岸诗群同仁 2020 年第二次改稿会，假借望城作协八角楼圆满举办。内蒙古作协余海燕主席、彭赞秘书长盛情，晚餐安排在八曲河一家别致的农庄。我为八曲河自然风光之美所摄夺。涂鸦数行，为记。

都被我读成妙曼的晚霞

你看，传说中的金色羊驼

我的渴望，萌态十足，河里沐浴

我期待的最美妙的诗篇

正翻越乌山，款款走来

一个永恒的主题：时光与爱恋

细细安慰着我无用又漫长的余生

2020.7.18 长沙

金秋台州行（组诗）

金秋的台州

久违中孕育的必然重逢

一如中秋节邂逅国庆节。加上

"温暖的胖子"的爱情瓜熟蒂落 [①]

堪称完美

最解个中妙趣的

莫过建春兄

"云之彬彬" [②]，雅量高致

他妙笔点题，一泼墨，便把三区队聚会

渲染成千里之外的神往

---

① 这次三区队战友聚会，还有个重要缘由，是参加李云彬的公子李林与儿媳王金雅的新婚庆典。初见李公子，他穿一文化衫，印着"温暖的胖子"，让人开心。祝这对新人百年好合，幸福美满！

② "云之彬彬"，是李建春教导员书赠云彬的一个条幅。这四字恰能体现主人之雅量高致。

姚新春、金跃平、刘桂刚，我们暂把长沙让与别人

田方义、罗杰，川西与川北的联袂

俊峰结伴丰贤，恰好捎来岱岳的祝福

光明，你带上自己就好，从江门出发

哦，还有正强、志慧

一个携来双博士学识，一个自带西湖的娟秀

我们，都给心

插上翅膀，或装上奔驰的车轮

于是，我敢说

抚遍江山

载酒，载诗，载画

只为东海这一次盛情邀约

我们，就把庚子年的远方定义为

金秋的台州

在大陈岛

一枚钉子

拴不住大海退潮时

一个沙堆的颓败

悬念，在答案揭晓时付诸笑谈

历史举重若轻

像一首诗的起承转合

虽经沉吟，但一个词到另一个词的转换

是那么自然。一个朝代成为过去式

而生活在继续，又换上崭新的衣裳

——这是庚子年金秋

我踏上大陈岛最初的一刻

想到的隐喻和表达

我必须说出并记住一件事

一不小心，我成为电视台记者的采访对象

我说，我是有福的

江山无限

我能在一个小岛读出自己的祖国

读出人民最基本的内涵：老百姓

读出笑脸、惬意、幸福，这些鲜活的词

面对镜头，我有一层没有说出的意思

人，都是过客，只有留下精神

留下为天下苍生的事功与传说
嵌入大海，成为永恒的岛屿
与时间同在，才有资格接受大海
激情澎湃地歌唱

海上夜钓

"把大海钓上来"
站在甲午岩的夕照里，我为自己瞬间
产生的冒险念头所鼓舞
血脉偾张。只盼暮色四合
仿佛又回到三十六年前，兵之初
那时年少轻狂，总想垂钓满天星
——海上夜钓，此行最具诱惑的课目

夜的海，辽阔、温柔，又凝重
当马达熄火，游艇被时光的深渊摄夺
油然而生的漂泊感，让我不知今夕何夕
直到月上中天，像一枚真诚的图钉
牢牢钉在天宇
我内心的呼唤你听见了吗

海风，可着劲儿吹动吧
三千银丝里，谁不是一条躲无可躲的鱼

同行者时有收获，好像他们的笑语是鱼饵
而我，仅仅是旁观者
今夜，笔和枪我都放下了
只剩一点闲情，邀明月对饮
想在彼此的深情明眸里看见自己，看见
海阔天空

海上日出

天宇中永不停歇的跋涉者
为了实现你我之间的盛世之约
我在东海大陈岛，已饮尽一个长夜
你，以二十四小时为轮回
我，算出你凌晨五时四十八分重生
在大海的摇篮里，又迅即以君临的姿态
跃升，在无数人的仰望中

动与静的演绎在持续。而我想表达的是

彼此目光对接的瞬间，实际已完成
浩瀚语系中铭记一生的抒写
比如海岛，被镀上希望的金边
又比如大海铺展开巨幅彩纸，我读出了
爱、亲情、家国，这些温暖的词汇
接下来，我必须按下激动
重新从海岛出发，返回陆地，用跋涉中的一个
又一个脚印，向天空与未来致敬

我对海风说
我不能将大海带走，也没留下遗憾
有这次壮丽的日出为我壮行
有战友的情谊满我襟怀，自信余生
必有无数好诗行，诠释生命
更丰厚的意义

西湖月圆之夜

将游人当作游鱼

此刻水天一色

是我眼里心里最恰当的形容

退去白天的热烈，万物

在微凉中静下来，仿佛表达被沉默替代

在暗蓝中加深期待

我分不清西湖在天上还是在人间

我和初秋坐下来，只有晚风送来歌声

混合杭白菊和茉莉的清香，一如告白

"总有一个人让你傻得可以"

诠释一段时光隧道的

初遇。我们在彼此凝视中读出真诚

读出西子、苏小小和白娘子的脸

天上有一轮皎洁的满月

在人间，灯火正在寻找自己的诗心

2020.9.3 杭州西湖

秋入西湖

昨夜明月入梦

捎来两片并蒂梧桐叶

嘱我为初秋的西湖写一首诗

新凉冲淡旧热

爱，瓜熟蒂落

中年的一诺千金，于期待中

秘密发酵成酒

大地捐弃前嫌，微风循循善诱

这个美好的清晨

我与西湖平分秋色

孤山不孤，断桥不断

源于天地多情，人间有爱

心，所感受的

远远先于肉眼所见的温柔

2020.9.4 杭州西湖

我把楼塔搬进心里

诗，被古今诗家写尽了

此番我来

只把楼塔搬进心里。别怪我湘人霸蛮

我会用余生善待她，品读她

品她历史作魂的久远

读她传说奠基的厚重

至于那位隐居的名士，慕你才情风流

你羽化，我不留

你留下，我执弟子礼，风随景从

我们可整日吟风弄月，登临把酒

商量着写一首堪比王勃的新诗

比如以川溪龙蟠、仙岩虎踞作诗眼

让千年后的等闲读懂她的婉约与雄奇

至于历来的战乱与纷争，早被时间尘封

今天的楼塔，充盈着

平和、安详、适意，以及古朴之美

就这么说定了

我把她搬进心里，生生世世

做一个被诗歌滋养的凡人

诗人们走进神通光电

牵一条欢快的河流 [1]

诗人们来到株洲航空城

走进神通光电 [2]。满眼新奇与震撼

让他们抑制不住内心激动，毫不吝啬

掏出满腹形容词和叹词

像风云激荡时，浪花对着浪花的倾诉

"啊，我嗅到了光与电的芬芳"

钢结构撑起一部宏大交响乐的主旋律

现代化生产车间，明亮、宽敞、井然有序

金属铿锵的音符，最宜诠释

青春之歌、奋斗者之歌、风流歌

---

[1] 河流，指"浏阳河西岸"，即"浏阳河西岸诗群"。诗群成立于2017年春，成员10人，已集体亮相于海内外十几家重要报刊。

[2] 神通光电，湖南神通光电科技有限责任公司的简称，为湖南三神集团旗下子公司，是集研发、制造、销售各种电缆电线和光纤于一体的高新技术厂家，位于株洲芦淞区航空城。

一向沉着稳重的拉丝机

不失时机亮出自己聂鲁达般的才情与豪情

当众吟诵关于铜的颂歌

关于光明的颂歌

关于劳动与创造、力与美的颂歌

那些看管流水线的青工小哥哥

操着娴熟技术玉树临风的小哥哥

习惯了太多来访者目光的小哥哥

出于对诗人的好奇，不再淡定

忍不住抬起头，瞄一眼越来越近的客人

像仰视翔舞在蓝天白云间的百灵鸟

青春的眼眸写满柔情与倾慕

殊不知，诗人们同样崇敬朴实的劳动者

那一圈圈电缆就是一首首好诗

饱含金属质地

全程陪同采风的我

发现一个秘密——

平素行事冷静低调的两位女诗人

今天暴露桀骜不驯的一面

如有神助，如生双翼

这些思接千载神通万里的诗人

走进神通光电，像种子撒向春风浩荡的田野

灵感纷纷发芽、茁壮、疯长

闪光的灵魂，如此凌厉

瞬间便拴牢一万匹诗歌的马

在浯溪拜谒元结

时隔 1258 年，我小心掩藏葱茏岁月

携带余生，来到浯溪

除了领略你发现的这一方钟灵毓秀的山水

还要细细解读，饱受战争离乱

远离故土，你千里之外异乡履职的心情

元结兄，何其有幸

生在粗犷北地的你

溯江而上，在湘南这片奇异秀丽的山水里

找到一首诗的奇崛意象和一生的诗眼，从此

安身立命，乐而忘归

我在上午十点钟

裹一身五月丰盛的阳光走进你世袭的家园

身处这般绝妙幽胜之境

我努力抑制内心狂喜

却抑制不住脱口而出的惊叹。像垒石

滚落幽深的峡谷

溅起的回声，激荡而邈远

元结兄，举止率性的我并非不恭

请允许在你面前完全放松身心

闲庭信步，顾盼自如

或者在某块碑文前伫立，凝视或沉思

将自己也变成得日月星辰加持

而生灵性的一块石头。状如

虎跃狮吼，或静卧的老牛

各具姿态，各有慧心

都是对天地和时光的诗意表达

我无须掩饰对 505 方苍崖碑刻的钟爱

目光里生出无数柔暖的手，反复摩挲

终于明白

危崖高耸，那让石头开枝散叶的

除了阳光和雨水的金刀

更锋利的，是先贤们深邃的思想

至善、至美、至真

以春秋笔法

镌刻在历史的惠风霁月之中

我在那方被推崇备至的"三绝碑"前驻足良久

就像历史从来绕不过必然发生的事件

元结兄，恕我直言

安史之乱，一个国家的辽阔创伤

岂是一篇锦绣文章能够抚平

即使颜公真卿书之，又将它勒石

也不过对一段历史立此存照

让无数后来人观之思之，唏嘘不已

倒是江上宠辱不惊、绵绵不绝的波浪

在日夜流淌中，学会

冷眼旁观。也许在无人的月夜

会用纯正的母语，吟诵出它的

激越高昂、浩然正气

临近正午的天空蓝得让人深信不疑

头顶一两朵白云，自由、生动、优雅地飘着

像你，也像我的清白身世

望着这云，会让人暂时忘却历代圣贤的寂寞
站在蓝天之下，壁立千仞与似水柔情之间
我试着理解你的理解，对于家国，对于忠义
以及盘踞胸腹间的万般诗意

元结兄，谁都是天地间仓促的过客啊
而你，停驻此间山水
就将她完全融入生命
浯溪、峿台、吾亭
一旦被你命名，从此成为灵魂的故乡
所谓"旌吾独有"
是天下莫能与之争了
所以自你以降，慕名持帖而来的名人雅士
比如刘长卿、黄庭坚、秦观、米芾
李清照、范成大、杨万里、杨维桢、董其昌、顾炎武
王夫之、袁枚、何绍基、吴大澂等
无非充实华夏悠久历史文化中的某个词条
让湘江的上空，星光夺目
今天，又来了追慕者起伦

元结兄，我也是幸运的

来到浯溪，借千年诗心文胆

让心得一次完整

这是我昔日苦苦寻觅的江山胜景

今朝被我真实拥有

在这里，随处可见的一花一草都彬彬有礼

无论唐梓宋柏，还是元明的松檀

永远沉静温和，文明又自律

我流连忘返直至黄昏

晚霞抚了抚金缕衣，横卧在湘江碧波之上

向晚的风，吹拂和平肃穆的香樟与楠竹

吟唱一曲晚祷歌。我知道

夜幕即将合围，而星月必君临天宇

如果可以，元结兄

我多想待在吾亭边光洁的岩石上

与你共度一个良宵

我们手可摘星，也可席地而坐，笑谈古今

或者什么都不说

只从皎洁的月光里舀三百盅香甜米酒

对饮。把无限心事溶入酒盏

一醉方休，从此肝胆相照

如果你不在，我亦独饮

醉了，便对着湘江一遍遍呼唤你的名字

"元结，元结，元结"

眼前会幻化出一枚浓得化不开的情结

一粒涵养在灵魂深处的种子

让我长出慧眼，看见

星垂平野，月涌大江

看见地老天荒

我承认，有那么一刻

我真的恍惚了，仿佛月下湘江就是我的前生

为赴一个千年约定

不知行了多少路，终于来到这里

元结兄，我将在一个崭新黎明到来之际

与你揖别。在浯溪

我已读懂了历史的莽苍，可以走了

元结兄，带不走的浯溪

永远是你的。你无须多加挽留

只命清风送我一程即可

我将与一江清澈的湘水结伴北去

不过，我要告诉你，此行不虚

浯溪，也成为我的精神故乡

或者说，你的前世正是我的今生

我还想告诉你，湘江的流速

恰如我灵魂的速度

这种缓慢而坚韧，虽不勇往却也直前的步履

定会将我带到时间深处

殊途同归，我们最终在一个永恒之地

合二为一

2021.5.1—5.2 祁阳—长沙

我没去过业拉山

收到你赠诗以前

我并不知道业拉山为何方仙山

现在，它沿着你诗行铺设的时光隧道

在株洲航空城早晨九点的丰沛阳光里

飞临，耸立于我的精神高地

也成为我的一座山

我想说的是，七十七道拐的业拉山

一个隐喻，被你移进诗里时

人生的跌宕起伏、爱情的峰回路转

尘世的磨难、内心的险境

已被你一一抚摸

现在，我来解读

这座我没去过的高山，太像我年轻时

曾经憧憬却从未经历的轰轰烈烈

只是如今，我不会狠着心劲儿

再去征服什么雄奇险峻

但不妨碍我将一座高山搬进内心以自重

我想告诉兄弟

多年前，在一篇访谈文中

我曾这样回答提问：人到中年

越来越喜欢低处的事物

一面宁静的湖水，或者默默前行的江河

在她流速最为平缓、河幅最为宽泛的那段

2021.6.16 株洲芦淞

让我率湘江之水回应尼洋河

打开这个早晨的

除了一条高原的河流

带着两岸旖旎风光与众鸟自由的鸣唱

更有兄弟情谊真切的赠诗，像一只

珍稀的黑颈鹤，飞进我惊喜的一天

告诉你，兄弟

当你呼吸尼洋河早晨的清新空气时

我正在流经株洲的湘江之畔看流水

多么富有寓意的巧合

就让我率三千湘江之水回应你的尼洋河

大地上每一条江河，都选择谦卑姿态

向低处流，多像已把人生看得透彻的中年

我还要告诉兄弟，我现在的站立点叫蝴蝶谷

一个颇具诗情画意的地名

你定能想象出她春天的模样

芳草爬上慢坡，花香弥漫，蝴蝶飞舞

现在已是仲夏，我没看见蝴蝶

却见到两个女子坐在垂柳下，临水击鼓

因为你在西藏，我天真地以为那就是阿姐鼓

没见到蝴蝶并不失望。世界原本就是这样子

该来的来，该去的去

有时，我会在宁静的月夜江畔独坐

仿庄周入梦，或者干脆命令自己失忆

让前尘往事付诸流风。只是，总有一些

与生命相伴而生的秘密，凝结成鹅卵石

即使沉入时间的江底，也会在水流缓慢清澈时

向着黎明和干净的阳光无限敞开

你旅途劳顿，不多说了

等你漫游归来，我们把相聚当作大海和故乡

我将用湘江之水为你洗尘。你也会看到

我这具已经用旧且四面漏风的身躯

活得并不沮丧。一颗心仍然完整

还能独立思考，有被爱和爱人的感受力

这让我幸福和满足

2021.6.19 株洲

那拉提的野百合

我在南方暖阳中又减去一件外套

诗友王琪从遥远的北疆发来图片，告诉我

那拉提的野百合开得正好

殷勤的雨雪，又将造访草原

一如萌动的诗人，心境妙曼而脚步凌乱

我凝视图片，陷入春天深处

仿佛看见春风里飞翔的冰，以及冷冽的寒香

那拉提和我现在站立的湘南

在同一轮春阳下、同一个国度里

各自占领冷暖的两极

我细想你的话，便觉出辽阔的诗意

你说，在那拉提

野百合还有个名字叫顶冰花

真是别致！而这，更契合我心意

乌川湖，给易鑫一

群山怀抱的一块翡翠

除了为一首夏日的行吟诗安放诗眼，还要为

尘世友谊找到干净的比喻

在长沙江背，在乌川湖

我们躲过热辣的阳光，巧妙地把浮生半日

闲出中年模样。这些年，我越来越爱上

悠闲的慢生活，有意让迟钝

退化自己的批评功能

原来这么令人开心！生命过往遇到的

古怪人、荒诞事，都变成了

桃花掩映的门扉、风调雨顺的背影

就像偶然的清风掠过水面

微波荡漾。淡淡一笑，胜过尖锐言辞多矣

兄弟，我们都看出来了

湖水给天空最大的安慰，是彼此敞开心扉

白云悠悠，印证的全是人间真情

2021.7.18 长沙

神农谷

无一例外，每一片山坡都摆好一支翠竹的

仪仗队。如果仅仅

把自己当作外来观光客

你会受宠若惊

不过此前，已在炎帝陵前认祖归宗

便很快读懂漫山遍野的翠竹

千篇一律的美学原理。你不过是

亿万黄皮肤炎黄子孙中最普通的一个

只有巡游天宇的太阳、隐身深谷的神农

是唯一的。他们互为倒影

让我们知道什么叫天高地厚

哦，那一泓清冽山溪，血缘的隐喻

引我们溯流而上，深入福地

找到五千年前的自己

2021.7.20 炎陵神农谷

神农谷之夜

夜幕降临。山谷浮起的众多陌生声音
是都市夜里不可能有的
虫鸣和夜莺。可称之为天籁
大自然总有一种神秘力量在指引
轻易就从简单的音符进入巴赫式的复调
就像月亮牵引的春潮，略大于尘世所有赞美
我知道，在神农谷
远去的风声里涵泳历史的回声
却没有能力捕捉住一个远去的跫音
我站在农家院落凉台上，下意识极目远眺
直到山里的一切，完全与夜色融为一体
一个诗句脱口而出
"向慕魏晋风，绝尘归真朴"
而身边并没有人附和我此刻的附庸风雅
不禁哑然失笑。能够安慰自己
与心灵相熨帖的，是一个稍纵即逝的想法

一个中年男人此刻的生活理想

不过是，也仅仅是希望自己

看穿忧患，因缘自适

2021.7.20 炎陵神农谷

神农谷的早晨

鸟鸣，纷纷从梦境飞出

群山深处的一场晨读，自由表达的和谐统一

使神农谷的早晨无比生动起来

更有一条野性的山涧泉溪

激情难抑，从它语感的加速度

我丝毫不怀疑，有了夜雨参与

又写出一首绝妙长诗

我的晨练课目，除了用殷勤脚步

叩打节拍，还得让沁甜的负氧离子

一遍遍洗肺。我可以溯着长短句

在镜花溪峡谷，找到它灵感的源头

但我选择去珍珠飞瀑

那里有人绝壁题诗，留给世界

一首飞花溅玉的惊艳绝句

2021.7.21 炎陵神农谷

雪正静静落在呼伦贝尔大草原

你是特意选在这个季节到呼伦贝尔的吧
告诉我：夏天已走，繁华落幕
曾经的灿烂终将由寂寞偿还
还是用灵魂的漫游，印证广袤天地间
爱在哪里，痛在何方
"金色大草原"，多美的名字和画面
像我们逝去的青春，只留给追忆与入梦
兄弟，我不再清澈的目光
久久凝定在你赠诗落笔处的寂寥与虚空
却不足与外人道，我早已一点点腾空自己
湛若虚空的心，任由冥想占领
我从来不是悲观主义者，却不得不正视现实
我知道，大风把天地刮得好干净，只为迎接
一场浩瀚的雪，静静落在无垠的草原上
也在慢慢覆盖我们的双鬓和前额

2021.10.21 子夜，株洲天元

回雁峰

永恒站在那里
回雁峰
让浪迹天涯的游子知道回家的路

南岳七十二峰之首。山峦回望
寿佛源头。纵有万语千言
却表现得沉默是金。让倾听代替言说
任那带着雪花的翅膀、追赶白云的心
年年复述天空的湛蓝、人世的辽阔
任四面八方的风吟咏同一首诗
——万里衡阳雁，看尽江山无限
雁来，都是秋风故人
雁去，因为大地春回

我们为什么热爱诗歌

——兼致陈群洲兄

"木铎之心，素履之往"

可以形容山道上虔诚的香客，亦可形容你我

爱诗成痴。禅家有断习的智慧

我辈凡夫俗子，一生爱诗

未必不是幸事。兄弟，你曾胖如弥勒

我今瘦若黄花，或许佛缘有别

但我们都是衡阳人，生来

内心就耸立一座高山，譬如南岳

譬如回雁峰。我们都确信是诗情

引南来雁阵，年年排云碧霄

这是我们表达彼此福至心灵的一种方式

记得那年金秋，和朋友一起到福严寺

有人问，为什么热爱诗歌

我们抚摸寺里结满果实的银杏，微笑不语

四棵古树生长在那里一千多年了

从来不急于向别人解释坚守的意义

风，一遍遍吹来

我知道，那一刻

我们其实都在细细品味

衡阳先哲王船山老夫子的一句话

——习气所成，即是造化

黄昏的祝融峰

　　——兼致陈新文兄

"南岳独秀、如飞

配得上人世间所有敬仰"

这是我们抵达祝融峰时，雄心勃勃的

罡风说的。夕照中，晚霞似火

像对仍在坚持登顶的游客诠释一种教义

我曾不止一次说过

人过中年，不再热衷登高

越来越喜欢看河流服从内心愿望，平缓地

向着远处、更低处流去。沿途的风景

交给两岸。我只愿在诗中随波逐流

与命运握手言和不是什么尴尬之事

譬如此刻，落日沉默，月亮缓缓升起

我相信，内心平和一如我们

没有谁在往事中重构险境与陡峭

那就不妨找一块岩石坐下吧，兄弟

让我们悉心静听时间留白处的低吟浅唱

和曹清华兄夜宿南岳财富山庄

佛性即自然

如风来、雨落

如一道命里的坎，得过且过

如一场突如其来的病，我已坦然受之

如今腾空顽疾，又将散淡之躯交给诗与远方

如回乡，如登南岳

全凭心性，且走且停

如方广寺，故地重游，找回两年前的同题

如夜宿财富山庄，恰到好处，安置一个山中之夜

如漫步与闲谈，无意丈量得失

如庭前花开，摇钱树随风，长寿泉蓄雨

如日落，夜雾弥漫，虫鸟鸣幽

而我，想说明白一段佛理，像绕口令

不如一场来去匆匆的雨，快捷、豪放

让我们，如此轻易地

成为大自然的一部分，融入名山

在众佛无边的庇佑中

在石鼓书院遇诗人甘建华兄

羞于告诉人，我这个年过半百的
衡阳人，此前竟然没拜访过石鼓书院
今天有缘亲近，满心欢喜
我说，没错
是我心中一千次想象过的模样
我允许自己借助诗韵的曲径通幽
让灵魂与这一方千年文脉同频共振
就像蒸、湘、耒三水于此汇聚
然后浩浩向北
心中那面石鼓，早已雷动澜生

你握着我的手说，因诗缘
我们兄弟得以在大观楼聚首
然后，又骄傲地向天南地北的诗人说
"我们是衡阳人，衡阳人都是好人"

诚哉斯言！没有人不信你的话
从朋友们满脸的真诚和敬意
我知道，他们读懂了这一方水土
读懂了这座书院的风骨节操
读懂了石鼓山，于沧海横流中
怎样地立定乾坤

藏经阁前的野花

他们登堂入室

虔诚与否，不敢妄言

这些诗人都想用诗行打通寺中言说

以祈求神助，确是真心

我是个门外汉，没想过不朽

因此放逐自己中年

得以与藏经阁门外野地里那些小花偶遇

这渐离尘世的邂逅让我如此心安

你看，每朵小花都是面镜子

照出我影子。同样，我略带忧伤的眼眸

洞悉它们干净的灵魂。它们独自开放

像朝圣者走过每一个日子

芳香和余温，只有同样孤寂的野蜂能够体会

山里的风，在不可言说中传递某种信息

我按捺内心喜悦，不说五彩斑斓

只想像佛拈花一笑

便灿烂山中这个初冬的上午

来雁塔

为留住青春的火热你推迟秋天的到来
来雁塔，秉承南岳七十二峰的
耿直和虔诚，伫立蒸、湘、耒三水汇合处
代表古老衡阳，在历史深处

固守千年文脉的所有元素
我是第一次来。走近它的一瞬
突然心念一动。仿佛遇见另一个自己
时间在这一刻，打开一扇虚设的门

天空有白云悠悠。虽然没看到期待中的
大雁之翅划过长天和往昔。这已让我
心满意足。何况，登上塔顶

看见塔的倒影溶入江中。我感动于多少年来

从没被流水带走。倒是八方来风让我

在动与静的平衡中，完成一次诗的邂逅

2022.8.19 衡阳石鼓

后记：2022 年 8 月 19 日下午，虽然已是立秋过后十多天，但气温仍然高达 40 多摄氏度。《诗刊》第 38 届"青春诗会"举办方组织与会诗人参观来雁塔。以诗记之。

小县城的夜晚

国庆小长假第三天。自驾，绥宁
晚餐，仍在巫水河边一家小店
中午"烟火人间"，晚上"菜园子"
我们调动舌尖的全部味蕾，感受小县城
生活的味道。"这里夜景很美"
朋友的邀约递出过这么一张名片
果不其然，县城灯光秀
早叠加成另一条河。说流光溢彩，毫不夸张
灯光同样装扮了风雨桥
"卧波的长虹"，有人脱口而出
算不上新颖，却是最恰当的比喻
就像晚餐的米酒，喝多了
我们习惯说脸上种满桃花。好运
总会伴生一个人好心情
谁都不是生活的局外人，我们甘愿
被晚风引领，踏入另一种热闹

桥头坪地有广场舞。除一条通道
桥面物理空间已被割据和占领
老人围坐小八仙桌喝茶
小孩在弹簧床上蹦跳，一些年轻人自嗨
唱十元钱三首的卡拉OK。各种声音
在空中交汇、渗透，并不违和
成就一支盛世夜生活的交响。高音部分
是一支萨克斯在尽情摇滚金色麦浪
真是盛景重现啊！仿佛又回到少年时代
回到爱情的宽银幕
我们曾在夜幕下，按捺心跳
让幸福颗粒归仓

2022.10.3 绥宁

秋天的峡谷

有许多熟悉的植物、更多不熟悉的
植物，都让人赏心悦目。秋天的峡谷
空气清新甜润，胜过早餐的加蜜牛乳
一条溪水，峡谷最灵动的长句
清澈见底，藏不住一条游鱼
淙淙流水声，洗去沾紧身上很久的秋老虎
有一种沁入灵魂的凉爽
苍翠山色溶入水底，像我们融入大自然
成为自然的一部分
溪水中有岩石表层生长的野兰草
让我有写诗的冲动。标题刚刚拟好
早有人哼起湘西民谣小调
阳光，总是不会忘记对人类的恩泽
穿透密集的树枝泼进来，给这里的一切
涂上斑驳的油彩。此情此景
令人心旷神怡。我们这群半老人

早忘了自己年龄，却深深铭记这个地名

官宣南山国家公园。当地人叫它

黄桑坪

2022.10.3 绥宁

大地的琴声

抬头

三根高压线，像三弦琴

将天空弹奏得那么湛蓝，云朵那么纯白

低头，一条蜿蜒流出峡谷的溪水，清澈见底

淙淙低音，涵泳水中岩石

靠着表层腐殖质便自由生长的野兰花

临近午时的阳光，金手指

把大地的竖琴拨弄得如此美妙

包括风的和声，此起彼伏的蝉唱与虫鸣

当然，更包括我朴素灵魂此刻奔涌的

怜意和敬意，以及对大自然的无限热爱

2022.10.3 绥宁

在虎形山大花瑶风景区

不过是网络上搜索到的一个景点

便在群山中绕行几百公里

跨过一个地级行政区，穿越数个隧道群

国道、省道、县道、乡村公路

五个多小时车程，从绥宁出发，经洪江、溆浦

终于到达隆回虎形山。没人觉得累

反而有唐僧师徒取到真经的欢欣

下车第一件事，这群"老来疯"便雀跃着

租借民族服饰，摆出各种姿势

拍一组人与风景完美结合的照片

仿佛这样便不虚此行

有人提议我写首诗，立此存照

我笑而不答。眼里有诗，心里有诗

已是最美文字，可供来日追忆

接下来，仍然是围桌手谈

仿佛麻将里，也有令人流连忘返的风景

退休了，就该给心情放个长假
想花钱就花吧，不必再省着了
几十年职业生涯养成的争分夺秒习惯
也抛弃了。没有任何人觉得这一天
时间在白白浪费

2022.10.3 隆回

虎形山之夜

将落日想象成一只金黄的老虎
是合适的。当它藏匿在虎形山某个皱褶里
白天的热闹，便如一部失传的传记
隐匿时间深处。我们走过的路
已成为过往，但明天还会有别人走
我们看过的风景，定格在照片里
还融入记忆，成为未来追忆的一部分
晚餐时分了。该吃饭时好好吃饭
是人生境界
在城市生活久了，我们希望
能在这里品尝到乡愁的味道。还真不错
店家拿出看家本领
一桌菜肴，丰盛、可口、实惠
新米煮饭格外软糯，香葱煎土鸡蛋尤其喷香
几碗时令蔬菜色泽诱人，外加一大盆
白萝卜炖水鸭，让我们胃口大开

再温一壶家酿米酒，小酌解乏

能量在一点点重回体内，思维也活跃起来

我在想，虎形山之夜

藏着多少大自然的秘密，不被人类知晓

露水越来越浓了，遍地虫鸣

湿漉漉的，仿佛刚从地里生长出来

偶尔夹杂几声从远处传来的犬吠

加深夜晚。山中之夜

总是以自己的方式让世界安静下来

我们，也用自己的方式

诠释假日的含义

2022.10.3 隆回

辑二

一个人的河流

浏阳河西岸

我想按下流水不表，只看蓝天

蓝天对我的殷勤并不理会。他搂着白云

窃窃私语。朋友们趁着酒意

发誓沿着河流方向，找到抒情的细节

河水只与青山的倒影沉浸在绵绵怀旧之中

这是浏阳河西岸，一切在下午的阳光里

我持有爱情，一如我们的盟约

永远不会折旧。为何没得到诗意委托

我说不出为何喜欢天空飞翔的鸽群

你该知道我

为什么只想按下流水不表

爱上河滩那片柳林以及它沉默的阴影

我什么也没说吧？不是不想说

春天已说出大地全部的秘密

2017.2.25

想给春天打个比方

想给春天打个比方。一直找不到合适的词

门前这条河

迅疾得

让我差点抓不住季节的尾巴

很多事情

不由我们决定

命运看似冒失的一步棋

早在冥冥之中安排。比如一夜春雨

又被早晨和地平线推远

阳光收复失地时

鸟群在天空做着飞翔与爱的练习

百花疯得如火如荼，唯独

将一个孤独之人晾在一边

春风笑他傻

只有我

将一切看在眼里

我在寻找自己

同时也心疼他的相思成灾

2018.5.2

午后诗

雨停风歇。浏阳河水的慢

像周末的慢生活。适合被一只慢镜头叙说

这是我在二十一楼阳台见到的

盛大天空下

因你不在我身边，能做的

只是窝在家里追剧、读闲书、写诗

一杯浓酽的绿茶被反复兑水

这种冲淡忧伤的方式

让我把目光

再次投向河堤下饱汲雨水的草木

它们放弃抱怨

暗自攒劲，朝着可能的方向努力

我应该坦然接受生活赐予的卑微

为了确切的理想

腾空内心荒芜

让你的柔情蜜意充盈

2018.5.6

向世界道声晚安

夜雨给江山献上苍茫的爱意

我正为身边的浏阳河写一首无用之诗

也许，为远一点的湘江

或更远的洞庭湖

是这场雨，让我暂搁手中诗笔

站在阳台听雨

打量这个越来越熟悉的尘世

在雨的无限与我之间，晚风穿透灵魂

一个问题清晰起来

人人都是过客啊，雨也是

在与世界的偶遇中

需要彼此信任温柔相待

每天最开心的事莫过于睡意袭来时

可以安详地对世界，对某人

或者仅仅对自己

道一声晚安

2018.5.11

浏阳河滩的芦苇

浏阳河滩的芦苇，充溢

一片无力的幸福。这是初冬傍晚

我偶然地发现，现在，起风了

她们松开思念。面向河流的沉思之美

瞬间被打散。好在月光照临

一种天籁、无限怜悯、抽象的慰藉

都是我诗里苦苦寻觅的唯美

和梦里不断创造又架空的生命

这样的傍晚，独自行走，直到与芦苇邂逅

让我们的同行，充满渴望和想象

哦，你看，云层露出半个月亮

多像纯洁的乳房

面对饥荒的思想，扪心自问

要不要停下来，舀水、沐浴、镀亮前额

像神秘夜鸟，掏空胸腔所有黑暗

2018.12.18 长沙

雪后河滩有难以言说的苍凉

雪后的河滩一如过火

无法形容其衰败

这个下午，我和友人来到浏阳河畔

空中弥漫湿寒。薄雾笼罩远山

借来的苍茫平衡不了眼前灰暗。若在平时

我喜欢眺望。此刻凝聚目光

把地平线和这条奔向远方的河流

一并收拢，折叠成一条围巾

围住一首诗的奇思妙想，让寒冷生出思念的温暖

我是个深刻的唯美主义者，即便不触及灵魂

也让诗行自带梅花和火焰

江山自有不为人知的真情，我一一收入内心

坦然接受世间一切变化

昔日的繁华和今日的苍凉，都如实捕入镜头

不会为配合一首诗，一边感叹景色
一边删去背后的高楼

2019.1.5 长沙

就给这首诗取名等春风吧

我正在思考中年写作问题

一些词顺着浏阳河逶迤而来

譬如围炉夜话，譬如刚刚落下的一场雪

带来持续的低音。我放下茶杯

向外看去，不眺望远山和地平线

只凝视眼前这条河

到这一段，河幅宽敞，水流舒缓平和

我想，我的态度决定

我不再刻意等待诗意的委托

也不需要灵感的曲径通幽

我甚至说不清，从何时开始

完全接受自己的迟缓与笨拙

"总有些事物比我们灵巧，不在梅花与桃花之间"

我喃喃自语。是的，当我站在歧路等待春风

季节已陈仓暗度。越过群峰

暖暖的阳光，先于我抵达人间

2019.1.11 长沙

这个雨水节

"至高无上的读心师啊，如果

勘破不了世间善恶，那就请隐入云层

人间需要干净的雨，荡涤阴险邪恶的宵小"

我看见祈祷者严峻的脸

看见，披荆斩棘者默默前行的脊梁

因此忽略风，我不评价

企图用慷慨激昂为真理鸣锣开道是否愚蠢

我承认自己不是圣者和勇士

我能做到的，是在这样一个节日

交出内心的棱镜和警句

保留善良和沉默，也保留倾听的权利

河滩那一排新柳如春天的唱诗班

"一场好雨，手持人间的请柬如期而至"

我和身边的浏阳河交换彼此的秘密

敞开了心扉

2020.2.19 长沙

一个人在河堤漫步

一个人在河堤漫步

并不意味着我就是孤独的

有时，我需要一份宁静

喂养灵感和诗句的马匹。河滩新柳和青草

散发馨香。浏阳河静静地流

像一支怀旧的老歌

串起青春和这座城市的无数记忆

两只白色水鸟，一对神仙眷侣

贴着水面翔舞。飞过我身边时，鸣叫一声

仿佛问好，又像询问我为何形单影只

我向它们行注目礼，以示友好

却没必要解释

我身后系着浓浓的亲情、爱情和友情

再说，人生半百

个人的故事已不需要出现太多人物

今天，一个人在河堤漫步

突然冒出一个莫名其妙的句子

我想对流水说——

万象更新，往事亦然

2020.6.27 长沙

初夏

仿佛季节一下子拉开一道门扉

一个又一个崭新的形象，纷呈又叠加

闪烁生辉的事物越来越多

我服从内心召唤，走在浏阳河堤上

我知道这条河在不远处汇入湘江，奔向远方

我还知道横跨河流的京广铁路也奔向远方

而我，走满一天步数便停下脚步

凝视流水。我知道

把棉花种满蓝天的初夏

最有资格命令云雀和百灵鸟歌唱

2021.2.16 长沙

春天已向我无限打开

春天回。昨夜的雨，通报了世界

河流涨破身体。你的心

还在一本旧书里漫游，这让我纳闷

犹记去冬，远方沉寂，第一场雪落下

我们身无长物，干净得像两粒雪

在内心从容虚构风景，为心愿添加柴火

今天阳光甚好，原野无限打开

万物生长，盛景重现。我在香樟树下写诗

梨花娇羞，却比前日站得更高，见之者甚众

我不再细数白发，我是自己活在人间

最有说服力的证据。无须苦苦找寻熨帖的

隐喻。我自由融入春风

托鸟群送信，春山在望，红颜不老

为迎迓你，青草正走向天涯

2021.2.27 长沙

夜的浏阳河

相比于青春的激情澎湃

我更喜欢她此刻的宁静。喜欢她

历尽沧桑

依然宠辱不惊的矜持

喜欢她漫长的一生

永葆卑谦的姿态

却在时间的独弦上弹奏出高傲的灵魂

喜欢她

掩藏无限心事的欲说还休

2021.5.4

辑三

芦淞诗篇

一场太阳雨

我像素极高的手机

有时也无法真切捕捉住世间所有美好

譬如这场初夏的太阳雨

落在航空城。落在我与友人的微信闲聊中

我不认为落下的全是废话。一个下午

像一条沉默的河，时间可能空流去

也许能留下一些可待追忆的东西

就像我放下手头一切

喝茶，踱步，打开 602 的窗户

这些无意识的动作，本身并无深意

但一阵清风拂面而来，也拂过对面山峦妩媚的脸

我满怀喜悦，想写一首诗

想用一些朴素的词汇，描绘这场太阳雨

描绘她在我诗里破涕为笑的样子

2020.6.2 株洲芦淞神通光电

我深恋着我在世上发现的所有独善其身的事物

我深恋的事物不多，也不少

都是我在这个世上发现的，独善其身的事物

比如草叶上黎明的露珠

比如未被践踏的落在人间的第一场雪

比如初秋正悄悄红熟的苹果表层的白霜

傍晚，小村升起袅袅炊烟，牵住流浪的白云

比如夏夜虫鸣，替代月光下沉默的笙箫

而泉水漫过石头与钢琴。这样的天籁

更是梦里的欢乐颂，为所有抒情做好铺垫

比如她打马而来，坐在我对面

兰花指捏着精美瓷盏，小口啜饮

性情温婉、纯粹，一如碧绿茶汤

我喜欢她品茗时的心无旁骛

喜欢她偶尔抬头，望着我，嫣然一笑

含情脉脉，又一本正经

喜欢这是一场好梦

仅仅是一场好梦

2020.6.12 株洲芦淞

你独自远行的日子

你独自远行的日子

我不写诗。我害怕词句里过于锋利的沉默

伤着自己。今晚又是月圆之夜

我只能读你发在朋友圈里的群峰逶迤

释放自己绵绵无尽的追忆

我在送别晚霞之后，对着一条河倾诉

没有谁和我分享此刻的寂静。就像

夜空稀散的星星，各自孤单在无法言说的

光年里。所谓明月朗照，山河辽阔

不如说相思成灾。有人好逍遥、好清凉

我只读着这个故事，读着遥远的山村

2020.8.5 株洲

蝴蝶

薄雾对空寂的春山满怀疑虑

我完全理解。就像我

决定放弃对称的美学原则

甚至有意忽略与春天平行的事物

譬如青草、花朵，与年龄

当一只白色水鸟

向水面俯冲，我们同时发现

河流的沉默，足以让深沉的爱瞬间陡峭

你说去画画，大自然是最好的画室

你调好油彩，铺展画布

承接悬崖倾泻而下的明媚与喧哗

我正从某座花园猛然起身，飞向自己灵魂

我卸下沾满羽翼的露珠，一点点抖落

古老的苦难

2021.3.1 株洲

小暑

下午的寂静，自带诱人的光芒

出梅入伏，一种诗意的暗度陈仓

让人略感不安，又陷入冥想

我戒酒了，爱上喝茶，对生活已无太多期待

住在二十七楼，恍惚时有悬空的感觉

颇像中年人生。常在窗前伫立良久

如果俯瞰，大地上浮起的庸常事物

比如尘埃，恰好可以掩盖万古愁

我喜欢偏西的阳光

斜照过来，落入内心辽阔的虚无

如果把目光放远些

会看见一片林子。我能够猜到林地间

影子与影子的叠加，把蝉唱衬托得更加

高远，把一种淡淡的忧伤

送向白云。如果有一只假寐的小黄狗

躺在树荫间，它一定中了爱情的毒蛊

没来由地梦到天空的鸟群

呵，我是说，一切灵魂的出窍

是，也仅仅是，爱上了漫游与还乡

2021.7.7 株洲市龙腾国际

江边的纯时光

把秋水比拟干净灵魂

并非妙喻偶得。秋深了，深入一个人内心

是满满收获。向心而觉者的眸子里

江山胜景，处处皆是佳句，件件点醒诗眼

你看，江堤草坪铜铸的竞技者

骑行速度快过向晚的中年

垂柳下空着的木长椅，正坐着年轻的爱情

你问我什么是好诗

坦白说，写了三十多年分行文字

仍然说不清子丑寅卯。好比具象的咖啡馆之外

我无法说清江边的纯时光究竟为何物

我有时沉默，有时顾左右而言他

——但听雨，莫开言

我知道这些都不重要。重要的是

我清瘦的身体很健康

纯真的友谊胜过抒情诗的唯美

2021.11.2 株洲芦淞

一切因为春天来了

以前，每当岁末

总有些莫名伤感，总会

用一些唯美诗句，感叹渐渐变老的流水

去年年尾，没有因袭习惯

写几首《岁末抒怀》。其中的微妙变化

自己也说不明白。今年开春

收到友人赠诗。今天翻来重读

发现春的诗笺，已被春风复印出无限多份

像年嘉湖怒放的梅花，或归来的雨燕

静与动，都在心里筑巢

让我变得欢欣，像一个多情又自恋的人

越来越喜欢爱人时的自己

像早晨被徐徐打开，推窗可见的

春山，看上去略显神秘

其实谜底早已揭晓

2022.2.11 株洲芦淞

一场春雪

天空又打开芬芳的城门
让我在雨水节后，邂逅这场罕见的
南国春雪

天性如此安静
她在寒冷深处自带纯真的光芒
那样坦然，除了
对尘世的赞美略显不安
她有迥异于人的审美趣味
语言浅显，像新柳的纹路
她喜欢干净的湖水
喜欢和树林静默待在一起
她来到人间，不是向谁奢谈幸福
既对加紧恋爱的花蕾表达祝福
更于卑微处，读懂春草萌芽的意义

一场春雪

一支咏叹调

集合梅花的火焰和月光的忧伤

唯美又谦逊，淡定又苍茫

"我要奉献全部，赎回自己的惭愧"

凝神谛听她气韵的均匀与安详，我知道

不谙世事的灵魂和今夜的梦

都将得到安慰

2022.2.22 株洲芦淞

芦淞听雨

天地之间，可以预约一场春雨

在春风浩荡的原野

略带轻寒。这样的写实富有诗意

当友人来电话，告知正在长沙湖畔高楼

临窗品茗听雨，刷一种优雅的存在

我也在听同一场雨

在株洲芦淞，流连在一页禅理中

暂时忘却"鬓已星星也"。从书本收回目光

看窗外雨落群山幽林，滋润万物

我没炫耀，我是在两场春雨之中凝聚灵魂

内心欢喜。如戒中之定，找到一条路径

能确立的信心，是定中之慧出

就像我明知，仅靠一场春雨

并不能涤荡人世间的尘埃、疫病和丑恶

但不失望。我始终坚信

一个人守住善良，守住爱

心，便是被雨水洗得干净的阔叶植物
无愧于天地清明。哦，对了，说到清明
一个祭祖扫墓的节日快到了。而我
似乎该为这个节日写一首俗世的诗——
"忧怀者不可听雨。闲愁之外
是回不去的故乡"

2022.3.31 株洲芦淞

一杯菊花茶

她曾在金色的秋阳下，怒放过自己的美

整个世界在那一刻呈现

如今，在一杯水的滚烫邀约下

再一次徐徐舒展身姿。不过，这一次开放

与前次相比，有着质的区别

仿佛转世重生的人，仍热爱尘世

已退尽铅华，变得朴实内敛、简约又克制

我是泡茶人，也是饮茶人

凝视这杯菊花茶，在一片琥珀里遇见自己

我的前生，定是一个托钵僧

浪迹天涯，随缘乞爱

偶尔会停下脚步，在一首抒情诗里

暂时安放散淡的人生

2022.9.30 株洲芦淞

辑四

月光正照着沉默的诗人

月光正照着沉默的诗人

——给远人、郑小驴二弟

我为什么在怯懦的时候才愿意承认
曾经爱过？曾经用诗韵的小银槌
反复敲打过灵魂里那颗蔚蓝之星

上帝最怜爱归来的浪子
而我，为一个破败的理想
又要浪迹天涯

我不知道，花香里走失的旋律
是否暗示了未来的命运
人们有理由对一个即将做母亲的女人
投去尊敬的目光。但我
只是怀着空想把目光投向别处

我走入暗夜，但不惊醒影子

因为，我认定了在高处

月光正照着沉默的诗人

秋天深了

那曾经炫耀在枝头的果实早被别人摘走
爱情不再挂在嘴边。渐行渐远的
除了愤世嫉俗的夏天，还有什么，各自心中有数
气温在一天比一天下降。目力所及，河水也在下降
露出河床与石头，这似乎更像事物的本来面目
我承认，年轻时钟情于蓝色
甚至认为灵魂都是蔚蓝的。但此刻
岁月涂满苍茫。当我明白
自己已站在秋天深处
就不再挽留什么，对未来也无过多期待
一个不再年轻之人，无论眺望地平线上遥远的群山
还是凝视脚下这片小小的土地，都无须提醒自己
什么是天高地阔，什么是心平气和

雪

其实你没必要告诉我这样一个事实

——生活中唯一不变的法则

就是生活的法则永远在变

我是一个认真的人，在苦苦寻找正确答案

对于一场决意殉情于北风的雪

我不知道该做些什么，除了按捺自己的叹息

和准备一滴幽蓝的墨水

下午的庭院

无须多大地盘，庭院能接住

天空这面巨大斜坡倾泻下来的阳光

与之相反，树木想逃离大地

试着飞了飞，却是徒劳

连死亡都带不走懒惰的浓荫

总有一些人不劳而获，却拥有天下财富

比树荫还懒的是那只看家狗

它的下午梦已经绿了一大片草地

它甚至梦见地平线那遥远的威严

是啊，刚刚经历一个漫长的雨季

很多事物都发霉了。如果某个人的记忆

开始在一个生锈大脑里活泛

那也是温和且秘而不宣的事情

这便是我见到的下午的庭院

大门紧闭，如一副熟视无睹的面孔

四周石块砌成的围墙倒有几分生动

但显得比永恒更有耐心
让我猜不透它心灵的隐语行话
或许，它抱有的信念是
时间既不说话，我又何必开口

独步旷野

你不停追问
我为什么酷爱独步旷野

你看，迷雾散去
早晨像一个真相为我打开
世间万象，一一呈现
河水当然在流；太阳当然在天空
那逐利而去的人们啊
又开始新一天的忙碌

只有旷野安静如一张白纸
我的宿命是一道数学题，如今
只适合交给风用减法运算
四季风，以柔软劲道
扫除一切多余之物。把我影子减去
把我肉体减成负数，或者一把空灵提琴

把那往返于忧伤和悲怆之间的琴弓丢掉

只保留自由和灵魂

多好啊！独步于旷野之间

红尘过眼，我自逍遥

时间空流去一个下午，但心灵没有

阳光在我们上空飞翔

留下些匍匐的阴影，像无人理会的荒草

如果凝神谛听，无须多久

就会听到一些久远的声音，譬如心跳

万物在同一个参照系里，被时间心领神会

生活中有许多我们无法说出

却肯定更加重要的东西。我因此有理由

来到河边，无所事事地看河水东流

时间空流了一个下午

却整个儿属于我们的生活

树冠

米斯特拉尔说，美是上帝留在人间的影子
我甚为赞同。譬如树冠
绿在大地之上，像一个人灵魂出窍

微风拂过树冠，有一种秘密语言
无须破译。但鸟儿知道
阳光和雨水，是不同形式的怜悯和安慰

当然，在鸟儿那里
树冠是一种宗教
于我，也是

但我不可能选择上帝的视角
将树冠中暗藏的一切看清楚
这没关系。这并不妨碍我此刻
驻足，暂时放弃手中举棋不定的词语

我也不清楚

是什么在左右我的思想和行为

这好像与时间也扯不上什么关系

南方

身处其间，眺望北方的人

看见天上星星，却丢失手中石子

心头火焰，脚下潮湿的泥土与青草

原野如此慷慨，不适合持有太多秘密

譬如这四散的雨水，又在某处汇成一条小河

庭院寂静，而树荫里零散鸟鸣

总在黄昏点亮一些怀想

并把梦里安睡的事物一一唤醒

如果我是一个外乡人，或者还乡者

面对一扇柴门，可以坦白，也可保持沉默

这一片土地，我还来不及命名

就走出茉莉花的香气。流光带走很多东西

但不妨碍无人时，会不经意喊一个人的小名

——南方

冬夜读诗，给唐剑波

我不描述
语言国度里策马纵横的
是活在不同时代的人。他们
躺在桃树下饮酒、吟诗和猜谜
或抱月投江。反正流水
是要一试腰间宝剑锋芒的

我也不说
窗外北风，凭的哪门子自信
呼朋唤友，呼啸去来
那走进冬天的人，如履薄冰
我只顾着将灯光，一遍遍
种植在这些文字里
我们的默契，是你知道我关心的是
岁月在隐忍中将给出怎样的答案

2016.11.8 长沙

短歌

预备唱！风吹麦浪

不再犹疑的妙曼和声被广泛传唱

群山捧着年轻的心跳和涌动的泪水

我看见，一架老式收割机

如约而至。经验老到地

按捺激情和慌乱，收割月色

如果此刻乐音再次响起

一定是爱情颗粒归仓后，从地里返回

暮色中迎面绽放的夜来香

2017.1.5

一次甲状腺结节切除手术

当命运合围，扼住你咽喉时

你能往哪里逃？ B 超的诊断探头

像工兵使用的探雷器，探测出

你甲状腺里埋着地雷，一惊之下

你还被告知一剑封喉的一劫必须坦然领受

住院的冗长过程无须赘述。写诗

也要像外科大夫的手术刀，单刀直入

无可省略的过程是，注入麻药

在你失去意识前，问你姓名

得到肯定回答，便是在开刀问斩前验明正身

那一刻的幻觉当然只有自己知道

你看见了城池失火

你看见了砧板之上那条逃无可逃的鱼……

当意识渐渐回到你的身体

等待在手术室门外的亲人告诉你

丢失了生命中三个半小时

而他们，那些背影冰冷的绿衣人

从容不迫，在你体内

完成了翻箱倒柜与探囊取物

2017.3 湘雅医院住院部

苍茫之上，给聂沛

行进中，我们悄然修改朗诵的黎明

这是心照不宣的事。当然，世事苍凉

我们绝不会安于遮蔽的一生

从梦幻之美到虚幻破灭

这中间，有向往的初心，也有落泪的中年

寒冷擦亮双眼，不会把大地的烟尘

解读成时间虚构的流水。也不会把天空的

补丁，误判为云朵的赝品

流浪途中，我们已超越流浪

我们的心，在苍茫之上

2017.3.6

立冬夜，与易鑫一在河堤谈诗

"诗是经验。"里尔克的汉语发音

像中国少数民族的某种乐器

张挂的弦，轻轻一拨，便有无限意味

诗歌需要练习，可以从任何一点出发

比如我们把河水想得柔软些

练习芭蕾才不至于伤着足踝

而河堤必须绷紧，我们的脚步

可以抵达更多话题和意义。你看

露水借着夜色掩护落在石砌的护栏

寒意从内向外渗透，我的手

触摸到一个农历节日的温度

不经意间，找到事物与事物之间的

秘密辅助线。至于中年感怀或追忆往昔

都在古老的时间仓里。如果想象

跳出某个界域，那么，立冬就不是立冬

经过我们身边的载重汽车碾轧的轰隆声

我说，是大地深处隐隐回归的春雷

2017.11.8

立冬之夜，诗友易鑫一兄特约我到浏阳河堤散步谈诗。回家后，余兴袅袅，命笔成篇。

你的名字

你的名字有怀乡者的簦夜，有花香的早晨，有爱
有洁白与宁静，以及，飞鸟的弧线下
一瞥生动的火焰。尘世的失语让我在梦里复得
——如果不甘心在深渊灭顶
就让我的中年在寂静中燃烧，让灵魂在燃烧中重生

2018.1.23

能够抵达的宁静，再与易鑫一在河堤谈诗

夜色和灯光

使这条熟悉的河陌生化

这是心灵和诗需要的。尽管

耳朵仍驻扎一支高分贝乐队，眼里掠过

那些怀抱尘世俗甜、摇摆波浪般身段的人

这不是今晚的主题。我让它们消弭于

先锋者微凉的指尖。我的主题

一直在坚守中

我不怕某一行诗被路人窥探出它的前生

说到表达，不单是经验主义信奉的圭臬

词的精确与能指，有时模糊于灵魂的空灵

比如说，一次诗会的圆满落幕

不再是事件，只作时间状语

有人怀揣海风海浪

从海上归来，将辽阔带进聚会

这是月光的唯美

也是我至今能够抵达的宁静

2018.6.13

夏至，读姜念光兄诗作《和平的上午》

这样一个光鲜的节日岂能无诗

我静静等待。而我并未得到缪斯的垂青

有人出了"亮"招，在和平的上午

读一首诗。读他单枪匹马

闯入弥留之际的老将军的大脑平原

风，吹动时间。他看见灵魂的折痕

那是一次次战役打响的过程

从冲锋陷阵到硝烟散尽后的空旷战场

一个饱经战乱的国度

是战士的血和敌人的血

一同肥沃的土地。今天的万木葱茏

是不能忽略的眼前事实

穿越校园的京广铁路

流经家族区的浏阳河，都有来历清晰的渊源

我无须借助词典

轻易理解了一个节日

理解幸福的含义。就像我从办公大楼六楼

放眼望去，便拆解今天的枪林弹雨——

枪林，被操场上踢着正步的青春扛在肩上

弹雨，是这个季节酸酸甜甜的梅雨

滋润他们的远方和爱情

2018.6.21 长沙

一棵歪脖子柳树

我不服膺于临湖那一排妖娆的垂柳

如烟，如织，迷失在光与影的细节里

我关注一棵歪脖子树

它渐渐离开队伍，独自站在一边

我看见，它照了好长时间镜子

仿佛一辈子。我相信它终于认清自己

连同每片叶子，纹路清晰得令人发指

在世相越来越模糊的天气里

我不知道为什么要走近它

如果不走近它，它只是一个苍茫的背影

现在我走近它，走近它的孤独

恰好它仰天吐出一口长气

吐出我内心压抑的一生

我腾空的身体，正好移植这棵歪脖子树

是的，我想我在一种虚构的自由里

完成了与它南辕北辙的整合

我说不清因为什么，也不想说清

就像我毫无理由写下这首诗

而无理才是合理

2018.7.13

一夜秋雨

持续了一夜

这低音迂回的天地

远山近水都巧妙隐藏了半生

必须赶路的人，该有多重的心事

像不舍昼夜的浏阳河

浑浊得已不像自己

白天，我在南岳写诗

那些祈福的人、登高望远的人

我不关注他们的行色匆匆，或兴致勃勃

我被祝融峰的雨打动。我不买雨披

只想让清凉、干净的雨

洗净尘世的征衣

也洗濯灵魂

现在，我将那场山雨带回长沙

带进自己的烟火人间，成为今夜的雨

这一夜秋雨，多像中年表达

放弃一切惊人之语

让我颇感欣慰的是，一盏二十一楼阳台亮着的

吊灯，多么安然

尽管领悟到凛冽的凉意

正慢慢浸入一个怀旧之人的骨髓

2018.10.13 长沙

落花辞

我曾居住在一首赞美诗里

领受爱的使命

因光荣而涨红的脸颊布满月的吻痕

现在，我已走完一生宿命

连同雨水的哭泣或者歌吟

如兄如父的人啊，谢谢你

用半生光阴和爱怜，将心中堆积的岩石

冶炼出一个柔软之词，送给我

此刻，我祈求上苍收回天空孤独的闪电

让它蛰伏在死亡之谷

因为我需要安静，甚至寂静

需要你看清我

在通往来世的路上，已然无师自通

或者，寄语明年重返的春光

我将在高处，再次擦亮眼睛

落日

此刻，在我注视中，它是仅存的硕果
眼看，一个白天就要融入夜的怀里
让我突然对生命充满敬畏
对熟视无睹的事物开始留意并流连
譬如，那些外表冷漠内心热烈的高压线
正翻山越岭，奔向我无法知晓的远方
更多事物，在时间到来时将还原其本身
我的眼睛已蓄满泪水，但不想示人
我对着渐渐移动的影子自言自语
天空即将布满星辰。风，唱给
风的歌，是持续的低音，正四面合围

广场

广场在早晨的阳光里

有些飘。与不远处一年四季持重的鼎山

形成对比。至于依山而建的政府大楼

每一扇窗户都睁大眼睛

藏着什么心思，不太清楚

我不是故事的主角

在这个初冬早晨，做一过客是幸福的

看见两个孩子奔跑，一群老人占据广场一角

玩弄乐器和高声歌唱

都是祥和风景。如果

我想成为广场的一部分，更深处的风景

我须不怕难堪，继续待下去

或者在傍晚时分再回到这里。你会看到

广场的落日有一种沉重，正好与我年龄对称

压得住穿越广场的风，以及

广场渐渐安心的四角

2018.11.25 祁东

初冬月湖一个傍晚素描

说夕阳有尘世之恋，未尝不可

它流连城西高楼

而月亮迫不及待，跃上东山

并没宣告秘密之约。所谓同辉者

原是天空怀揣太多白云

脸上涸出幸福的蔚蓝。这是初冬

月湖的一个傍晚

上苍赠我以辽阔。而我需要

一阵风，不管不顾劲吹

让我看见，草木的激动撕心裂肺

风，并没如期而至

尚在意识深处沉睡，或刚从地平线出发

这个时辰，世界保持在相对性之中奉献宁静

我渐渐安于这样的宁静，并若有所思

如果不是一群飞鸟，突然掠过头顶

撒一把跳跃的词语

心，不会寻找弹性的对称

但鸟群不会将心带走。此刻，我不需要远方

也不写诗。一首诗，无法容纳这样一个傍晚

不如干脆放弃言词

将一切付诸月湖幽深的明眸

良久凝视中，我已寻觅到一份真切的感动

如果我不说，你永远不会知道

那无从触摸、一再隐约在我文字里的事物

不期而遇，有了具象的表达

——呵，灵魂

镜中的走廊，我在无限深处遇见自己

2018.12.19 长沙

岁末抒怀

撷取几个不为人知的片段，记住一个岁末
已成秘密和习惯。我不与人说
人到中年，越来越羞于用言辞表达感动
许多情和事，深感无力偿还。不说岁月渐深
我抓不住时间和一阵倏忽而逝的风
赶在今年第一场雪落下之前
独自来到月湖。选择傍晚，没有特别深意
偶然孕育必然，恰恰说明福至心灵
天气好得无须道理。无理而妙的事还那么多
月湖清澈，将整个天空抱在怀里
沐浴晚霞，我和湖边每一棵树一样内心喜悦
万物谦逊而敏感，却不动声色
我放任自己微不足道的感动，源于
彻底放弃小心呵护的自尊。纳天地赐福
沉浸在无边的幸福之中

2018.12.27 长沙

献诗：岁末十四行

今天好安静。我知道

我在期待一场雪

加深这种寂静。我知道

最深的寂静会迸射一束光，穿透

密密匝匝的日子，直抵一个人的灵魂

我还知道，一场雪自身携带的光

拯救不了什么。而带来的

一张白纸，不会太轻盈

必须用生命承受。我唯一可以不知道

需为预约的未来准备献辞。但这个岁末

我已写下这样的诗句——

无愧俯仰。热爱让我饱含如金的泪水

有一种暗香，是中年花开

河流在侧，已渡过命里的荒年

2018.12.29 长沙

在雪天改诗 [1]

雪，落下来了

雪落浏阳河，无声

加深西岸分量

加深诗中的寂静。远山和地平线

隐约在一张宣纸里。我们在

今年第一场（也是最后一场）雪抵达时

围炉改诗。将句子还原成一个个干净的词

逼出词中的火焰，烘干水分

在雪天改诗，我很冷静。一种出发或回归

友人感叹，在灵魂遭遇另一个自己

我不过分拔高意义

只说雪天改诗

是天地间一场没有输赢的对弈

---

[1] 今天，天降瑞雪。这是今年第一场也是最后一场雪。浏阳河西岸诗群在长兄弟姐妹，风雪无阻，假借三一大道杨裕兴公司办公楼举行今年最后一次改稿。以诗为记。

你持白，我持黑

你有铁打的江山

我有推倒重来的勇气

2018.12.30 长沙

看流水

两种情况，我特别爱来河堤走走

一是内心花开，需要找到赞美的诗句

相信河水能带来灵感和熨帖的词汇

一是挂在脸上的愁云，像中年的羞愧无法言说

希望凛冽的寒风，迎面吹散

今天在两种情况之外，来到这里

不悲不喜。似有若无的心思

没混同某些迟到的消息

纯粹看流水。看吃水线很深的挖沙船

逆流而行，缓慢且坚决

不在爱与不爱之间左右为难

看河滩柳树下那些石头，隐忍在岁月深处

学会藏拙。只有傍晚的薄雾，一如轻愁

大于我的疑问

急于在河面落满伤逝的羽毛

2019.1.13 长沙

无意义：和聂沛

有意义的青山，一直在那

一年四季，一动不动

无意义的白云，来了又去，甚至没落一滴雨

我希望，我的每一首唯美短诗

有山的持重

白云的飘逸

离开故乡，我在浏阳河边生活了几十年

从来没有思考过流水的意义

我常在河堤散步

看花，看柳，看和我一样散步的人

没想过历史上还有哪些名人涉足于此

我感受着晚风拂面。让我怦然心动的

是它又吹动我怀乡的旗帜

啊，老亲，我们把喝了几十年的酒都戒了

谁还去纠结生活的意义？

我们已看得透彻

无意义的意义在于远远超出意义

那自由的灵魂，存在着

我们都能感知，并没有看见

2020.7.6 长沙

一幅画

一幅画

装得下多少江山胜景和生机

不要问观赏者的眼睛

要问画者的匠心。且看她

先用淡墨安慰了远山

又遣浓彩，归置近前的农舍和绿树

如果，一行大雁

从一个人的旧时光飞出

打破季节辽阔的寂静

我必须指出

一定有一条河掩藏在画外

不舍昼夜，绵绵无尽

流淌着

都是关于生命和爱的

倾诉和畅想

2020.7.21

心灵捕捉者

春天来了

这是万物都感受到的

我从冬天自娱的回忆与怀念中走出来

走向旷野。我因比一头温驯的老牛

感悟更多而激动，却不会害怕和不安

我与春天共语。除了河滩青草、爆发新芽的

垂柳、原野的金色麦浪和紫花苜蓿

还有归来的燕子

我欣赏云雀和百灵鸟的歌唱

但不羡慕她们，心比白云还高

我允许自己放飞心情，但不是一片风中羽毛

轻易便迷失方向

我还允许自己的身体轻快，更轻快些

像一件朴素而干净的白衬衫

前提是，只能行走在大地之上

永远不走出季节赋予大自然的馨香

其实，我是有一个秘密

只说给流过我身边的浏阳河听

我不愿走出她明眸的视野

而明净的风知道

我的心灵是纯洁的小兽

而她，是心灵的捕捉者

2021.2.16 长沙

回乡祭拜母亲

黄昏雄心消沉。我来这里看望母亲
向晚的南风谦让恭顺，单调地
吹拂云母顶幽暗松林
像一个从忧伤里慢慢释怀的人，循环吟诵
一段献给逝者的颂词

母亲于一九九一年四月某个黄昏
闭上尘世的眼睛。大哥告诉我
整个白石铺安静得如同最后的梦境
憩息在时间根部。母亲弃绝一生牵挂
像一枚松果从枝头落下，隐身在
家族坟山的皱褶处，不觉已经三十年

三十年，我在人间奔走
用旧的身体，已四面漏风
现在，我伫立在母亲墓前

垂下不再年轻的头颅，垂下
在尘世的孤独中获取过荣誉的双手
——有一天，这双手也会如枯枝截断
带走一世声名

待到夜幕降临，残月的薄光覆盖山顶
万籁俱寂。告别的钟声
在意念中响起，我将踏上
命运为我选定的尚未走完的路，重返
万家灯火的人间

2021 年清明，祁东

站稳在深秋的人，内心已无限辽阔

稍作休整，你又开始新的漫游

银川、黄沙、古渡口，这些饱含诗意的名字

你随便撷取一枚霜染的红叶、一滴流浪的河水

我都能感受到大西北的天空和你的深情厚谊

正是北雁南飞季节，你的故乡

也已秋意萧瑟、寒雨连江了

兄弟，多么欣慰地听你说，此刻黄河

正在血脉里奔腾。多少闪光的诗行

必将被你写出！我除了祝福还是祝福

我知道，一个站稳在深秋的人

辽阔的内心，才装得下江山胜景和无限诗意

我想告诉你的是，近段日子我很少写作

（除了对文字敬畏，也对自己的才华怀疑）

做一些力所能及的事，余暇浏览闲书

爱上禅理。或许有了一点心得

人生最大的修为无外乎敬天爱人，能够

得到的最大福报，莫过于

吃饭时能好好吃饭，睡觉时能好好睡觉

2021.10.15 长沙

写雪之心

　　——赠诗人李立

醉心于文字者总想用墨迹抒写又掩藏行踪

和一生的秘密。而头顶一场雪

让一个人的年龄大白于天下

少年知事始，我就爱雪

尤爱未被践踏的初雪

爱她的晶莹剔透、洁身自好。那冷冰冰的

花瓣，多像无法企及的神的微笑

总能点燃我灵魂的渴望

兄弟啊，不瞒你说

我之爱文字，源于空怀的一颗写雪之心

可惜的是，努力一辈子

也无法将深埋在心灵深处的某些幻想

还原成世间真相。今天是立冬

北风一阵紧似一阵，在肋骨间劲吹

你将自己变成诗旅天涯的李白，玉笔一挥

把 2021 年秦皇岛的第一场雪写得漫天飞舞

我权当一回田舍翁汪伦，把湘潭当桃花潭

在一个寿宴上推杯换盏，躲避寒风

只是曲终人散之后，我又须将回家之路弹奏

我忍不住一遍遍追问自己——

年华渐老，雪满前村

大地苍茫之时，我那写雪之心能否永葆？

2021.11.7 株洲

一只雪中飞鸟

只一夜，大地换了颜色

万物置身于江山一统的洁白之中。大雪

将庭院的香樟树叶子全染白了

我良久伫立窗前。雪花继续飞旋

像在天地间排练一曲硕大无朋的禅之舞

思绪飞扬，复从无限远方收拢

我将自己凝聚成一个心悦玉人。唯眸子灵动

捕捉到一只刚刚落在枝叶间的褐色大鸟

它闪跃、腾挪，鸣叫几声

然后抖落翅上雪片，飞向苍茫

我不知道它从何来又飞向何方

但我清楚，它和我经历了相同的季节

前天的暖太阳烘烤一切

让人疑心季节错乱。昨夜寒潮长驱直入

气温骤降。大自然法则如此严厉

是这只雪中飞鸟昭告天下

寒冷，锁不住自由的心

2021.12.26 长沙

秋分，给冷燕虎

"水色天光，共此蔚蓝"
我曾在夏天的浏阳河畔驻足良久
吟哦诗句。句子落入水中
暮色很快降临。仿佛一条分界线
划分昼夜。我也会眺望遥远的地平线
看它隔开天空与大地
时间多么快捷！兄弟
今天，是农历的一个节日
分开秋天。我再次来到浏阳河畔
期待一场清凉的雨落下。仿佛注脚
诠释我们不曾书面表达的人生
秋分过后，接下来寒露、霜降
大自然将彰显你姓氏的威力
经历过繁花似锦、蝉唱如歌
必然面对老树挟霜、寒风承露
我不必赘述天命已知的坦然有如禅悟

多好啊！天地苍茫，我们始终明白身在何处
此刻，我想对你说
莫名就忆起四年前南岳方广寺那个夜晚
也下着一场秋雨。朋友们
在同题诗里安置各自中年。万籁俱寂
我们都是沉默的一部分
只灵魂一直醒着
听雨递秋声，点点入梦

2022.9.23 长沙

简约克制是为人写诗的高贵品质

——起伦访谈录

采访人：刘　羊

受访人：起　伦

时　间：2020 年 9 月 15 日—17 日

刘羊：起伦兄好，大诗人聂鲁达曾说："就在那一年，诗歌来找我。"你与诗歌结缘是哪一年？当时是谁找谁？

起伦：这是个生动、有趣、充满机智的提问。尤其从聂鲁达引出话题，让我开心。要知道，我爱上并写作诗歌，他就是我最早接触、十分喜欢的大师之一。我们是同门师兄弟，你知道我毕业于数学系。当初我被分配到军校是当数学教员，教过两年高等数学，之后一纸命令，调我到机关当参谋。那时单位地处偏郊，文化生活单调，工作之余，精力充沛的单身干部总该找些什么事来打发漫漫长夜不是？而我的几个中学同学如徐捷（聂沛）、罗鹿鸣、陈庆云（聂茂）等那时都莫名其妙成了诗人。我想，也写诗吧，就写上了。写了几首，到图书馆胡乱找些报刊地址投出去，一个月后收到了《湖南工人报》的样报。两三年后，诗便发到《人民文学》《诗刊》《创世纪》等大刊了。布罗茨基的《黑马》中有一句诗："它在寻找自己的骑手。"诗歌和我，是互相寻找吧。哦，那是1988年。

刘羊：你和几个中学同学"莫名其妙"成为诗人，这种难与人言的妙处现在可以说说一二吗？

起伦：这么说吧，我们那是一所乡镇中学，农家孩子最朴素的想法是通过高考，从千军万马中杀出一条血路，吃上"国家粮"，改变自己的身份。起初大家并没有当作家、诗人的念头。几个同学中，鹿鸣念文科，聂沛、聂茂——都是接触到聂鲁达后，改姓"聂"的——还有我，都念理科。聂茂读卫校，毕业后在乡镇医院当药剂师。聂沛因身体原因，上了重点本科线，却无缘踏进大学校门，摆个烟摊维持生计。我到军校工作时，听说几个同学当了诗人，都不相信这个事实。

刘羊："诗人"这个身份在当时意味着什么？这么多年过去，诗人身份在人们的话语体系中发生了什么变化？

起伦：20世纪80年代，"诗人"是个崇高的名字，受人追捧和崇拜，有如前几年的歌星或影视明星。慢慢地诗人就不让人待见了，如破草帽或敝屣，谁都不好意思当着别人的面说自己是诗人。这些年，文学好像又升温了，"诗人"这顶帽子又焕发了一些亮光。不是有那么多人越来越热衷于写分行文字，热衷于在各种诗歌活动中露面了吗？

刘羊：你在长诗《辽阔的深秋》中写道："诗人的脉管里总有奔腾的墨水。"在你的写作风格形成过程中，哪些人对你产生了明显影响？

起伦：谢谢你记住我的长诗《辽阔的深秋》中的句子。在我写作风格形成过程中，对我产生影响的诗人很多。首先，我得说，中国的古典诗词对我影响颇深，成为我文化血脉中的基因。我在学写新诗之后，阅读过大量的中外优秀诗人的诗作，比如聂鲁达、布罗茨基、叶芝、艾略特、埃利蒂斯、博尔赫斯、瓦雷里、勃莱等，一时数不过来，都深深影响过我。特别要提里尔克，有好几年，我在春末收笔，秋天重新写诗时，都是从阅读关于里尔克的传记开始的。

刘羊：能够看出你的诗歌语言有着熔铸众家的丰富和典雅。里尔克的传记对你有何启示和激发？

起伦：过誉了。不过，丰富和典雅，的确是我诗歌艺术追求的目标。如要论及里尔克的影响，是因为其人性格与我有太多共通之处，其诗歌写作理念也深得我认同。他生性孤独、安静，我也一样。朋友们平时见我一副大大咧咧、颇为豪迈的样子，更多是因为职业身份的多年养成。2000 年，我参加第 16 届"青春诗会"后一度停笔十年。重拾诗笔后，我的诗歌创作已迈入"中年写作"，不再追求年轻时的意象奇崛，越来越朝向内心，更契合里尔克的"密室写作""神性写作"理念。我的不少短诗是写给自己的，是我活在这个世界的见证。我认为，我的灵魂里住着一个里尔克。

刘羊：我注意到，秉持"密室写作"理念的你多有作品发表和获奖，也算是"吾道不孤"了！在创作路上，你遇到了哪些伯乐和良师益友？

起伦：海德格尔在《诗人思想家》中有一句话："一群人在路上走，一个人出其不意成为大师。"有文学野心的人，莫不希望自己是那个出其不意的人。可惜，我爱上写作算起来有三十多年了（之间也曾停笔十年），还和"一群人"站在一起。不过，我已经很满足了。至少写诗，给了我心灵太多的愉悦和慰藉。而且，在文学之路上，我遇到过那么多良师益友，实慰平生。前几年，我写过一组几万字的随笔《诗人酒事》（分别发表在《芙蓉》《桃花源诗季》），记录过的那些人和事，是我一生不会忘记的。在这里，不一一列举其名了。总之，他们是我心空中的一个个星座。

刘羊：我在《桃花源诗季》上看过这篇《诗人酒事》，感觉酒香四溢，令人陶醉。诗酒趁年华，现在，你和我一样成了禁饮一族，是否有"无酒无花过清明"的萧然之感？

起伦：哈哈，还不至于。其实，在写作《诗人酒事》时，我隐约预感可能有一天会弃酒而生。我十岁时偷看了当时尚属禁书的《水浒传》，开始学着喝酒，以至于多少年一上桌便无酒不欢。好在我酒量尚可，酒德、酒风也不错（自我表扬一句）。豪饮宿醉都经历过了，没什么遗憾的。现在不喝就不喝吧。上天总是公平的。

刘羊：和好酒一样，好诗也是需要时间通过独特工艺酿成的。酿酒需要好水、好粮、好曲，写诗亦需要材料和秘方。能否以一首诗为例，谈谈你写作的奥秘？

起伦：这个比喻太恰当了！好诗一如好酒，同样让人沉醉。好酒的酿造需要好水、好粮、好曲，且要经过独特的配方和工艺流程。而诗的写作，在我看来，并没什么独特技巧，无非是个人的积累和感悟，与材料无关。叶芝说过，有语言能力的人敢于在别人写过的题材上写出新意。

诗歌写作没有秘密。如果有，只要把古今中外大师的秘密都掏出来，所有人就都毫不费力成大师了。如果硬要说有，就是诗人能够擅于在自己所处的情境和语境中让情绪和语言发酵。这是个人写作的习惯与经验罢了。说到经验，里尔克有个观点：诗是经验。好的诗人，都会在自己内心某根琴弦被无形之手拨动时，或者说，当你预感到自己受到诗歌委托时，不辜负它。灵感如闪电，你要有能力抓住那个美妙的瞬间。

我一直羞于在人前说自己的诗。诗一旦写出来，就不再属于我了。可是，你指定要我拿一首诗做例子来个自我剖析，就说说短诗《箫》吧。此前，中南大学文学院一位博导给研究生讲授诗歌时，曾以此诗为例，占用了一个课时。他询问过我写作过程。

1995年11月的某天，中学同学、诗人聂沛到长沙。是夜，我约了诗友聂茂、远人、姜念光、刘炳琪等人来我家——位于浏阳河第九道弯河一栋公寓住房的五楼——喝酒、叙旧。那晚月色很好，月光静静洒在河面，如梦如幻。我们聊得开心，酒也喝到相当的境界。

朋友们散去后，妻子和女儿也醺然入梦，而我余兴还高，毫无睡意。我给自己续了茶。坐在阳台上。那一刻，月光如箫，吹奏辽阔的大地和深秋。浏阳河婉转流淌如一支小夜曲。我突然想起，自己十七岁上大学，从离开故乡到长沙不觉有十四年了。尽管，每年都能回祁东老家一两次，但聂沛、聂茂兄弟联袂而来，又不免勾起我心底的乡愁。而此刻，竟然有悠扬的笛声从夜色中隐约传来。是谁，在这样一个月夜吹响玉笛？他和我一样，也被唤起了潜伏在内心深处的乡愁吗？

笛，我也会吹。读小学时，我参加学校文艺宣传队，吹得还可以。这无疑更增添我对于儿时往事的回忆。我想到很多，譬如勤劳本分、含辛茹苦培养我上了大学的父母，譬如故乡仍然贫瘠的土地，等等。脑海里突然就蹦出两句诗来："本是故乡山林一根翠竹／是一条路，把我带向远方。"继而从笛孔想到故乡的水井："每个笛孔都是故乡一眼水井。／十指如伤鹤，夜夜前来汲水"最后又想道："固守家园，或背井离乡／都是故乡的忠实儿子。"于是，一首诗，落在了纸上。可以纪念这次诗人聚会，慰我思乡之情。

我只是在给诗作取题目时，取了巧：《箫》。我想，夜空中飘荡的更应是箫声，箫声低沉轻柔，如怨如慕，如诉如泣，更适合此刻的心绪和意境。这首诗作为组诗《静夜思》中的一首，发表在《人民文学》1997年某期上，也被多种选本选载和评注。

再说说我的短诗《空镜头》的写作起因吧。

那是暑假中某天，我担任单位的值班首长，整个大楼空荡荡的，我坐在办公室里，随意浏览某本闲书，明晃晃的阳光和蝉鸣从窗户泻进来。文中出现"空镜头"这个词，我心念一动，感觉这个词富有诗的质感和内涵。我放下书本，开始冥想。想到了布罗茨基，他在中学念书时，突然某一天走在街头的阳光里，莫名就感动得流泪了，他觉得他应该去流浪，去做一个诗人。是的，诗歌找到了他。我想到的还有很多，我想该为这个词写首短诗，当一首有着深刻蕴涵的诗已经在我饱满的情感中若隐若现时，我得抓住它！

这些年，我很注重诗歌语言的锤炼和诗歌内在韵律的营造。我希望自己写得简约又克制。简约、克制是人的高贵品质，也是诗的高贵品质。

刘羊：谢谢老兄如此耐心，道出了一首诗难以言传的生产过程，这种讲述和诗歌本身一样迷人。作为一名当代著名军旅诗人，在我有限的视野中，感觉你的作品少粗粝而多细腻，少应景而多从心，少沙场之作而多个体之思，这是一种背对潮流的自觉为之吧？

起伦："当代著名军旅诗人"这个名号我不敢领受，也不愿领受。我给自己的定位，是一个严肃的诗歌爱好者和诚实的诗歌消费者。我从来没有把写作当事业，虽然我写作时，遵从了认真的态度和艺术的准则。作为职业军人，如前所述，不当数学教员后，我选择写作诗歌，都是为了身心愉悦。也许客观上，达到了某种境界，如你所言，"作品少粗粝而多细腻，少应景而多从心"吧。不过，我没有刻意去"背对潮流"。这三十多年时间里，我写过一定数量的军旅诗，至少在《解放军文艺》《解放军报》发表的诗作不下百首。我也写过歌颂祖国的诗作，比如《漂在血缘中的祖国》，一首小长诗。我自己喜欢这首诗。虽是宏大题材，但表达是"细腻的""从心的"，洋溢着"个体之思"。韩作荣先生曾在一篇评论中，对它赞誉有加。

刘羊：除了写诗，你最近几年还写作发表了一系列小说，这是否意味着创作的转型？在你这里，小说和诗歌是一体两面，还是分别承担着不同的文学抱负？

起伦：诚如你所言，这几年我写作发表了一系列中短篇小说，部分小说还被《小说月报》《海外文摘》转载。说来你可能不太相信，我写了三十多年诗，发表了七八百首诗作，中央级大刊就有近三百首吧，却没正规出版过诗集。我出的第一本文学作品是散文随笔集，下一本可能是中短篇小说集。

关于小说写作，借这个机会说说吧。

时间进入 2019 年，那一阵子，我感觉身体里被什么点燃了，有一股抑制不住的激情。我在写完一个反映都市情感生活的短篇当晚，接着动笔写另一个短篇。这个短篇，我用了三天的业余时间完成，题目叫《聂小云》。小说写完，有些小得意，自认为写得不错。小说很快刊发在《湘江文艺》2019 年第 2 期，《海外文摘》第 6 期短篇小说栏目头条转载。故事发生的场景，是我的祖居之地。写完《聂小云》，我陷入沉思，小时候生活的那个小镇、那条小街、那所从发蒙到初中毕业一直置身其间的学校，亲历过多少人、多少事！虽鸡零狗碎，却是上好素材，为什么不写成小说呢？

其实，几年前，我写过一个系列散文《成长中的若干词条》，真实记述了小时候发生的一些趣事，发表在《湖南文学》《绿洲》等刊物上，收入散文随笔集《行走的姿势》。这些素材，加些虚构元素，写出来，一定是好看的小说。我想。

于是，"文化街系列"第一个短篇诞生了。这篇《白石铺的一九七八》写得也很顺。投出去一周便收到回信，发《绿洲》双月刊第 3 期小说头题。

说这些，千万别误会我在显摆什么。这恰恰表明，我不过是小说创作的初学者。马尔克斯在一篇访谈中讲到，他年轻时在一家报社工作，值夜班，刚刚迷上写小说，经常值完班回家还写十几页甚至一篇小说；成为大师后，几天时间写不了一个段落。把大师牵扯出来，是举个例子，我可丝毫没有"文学抱负"。人到中年万事休。这个理我懂！

我是2018年年初开始尝试小说创作的，完全是新手上路。

为什么以前没写小说？答案很清晰。在部队不当教员后便一直干行政工作，工作繁杂又繁忙，写诗，短平快，可以利用碎片化的时间。有十年，我带兵，比如担任学员队主官，某集团军装甲团团长，学员旅副旅长、旅长，干脆停止了写作。而到了2018年，正好是我业余写作三十年，我想，该写写小说了。所有的过往已为我积淀成一个富矿。

写小说，也是对青春的追忆和致敬！

今年，《绿洲》双月刊第4期的《名家之约》栏目还给我做了小说专辑。我这个人是不是很幸运？

刘羊： 如你所说，转型写小说虽然保持着一颗平常心，但幸运非偶然，富矿靠挖掘。现在虽然还远没到总结的时候，但我仍想问问，你怎么看待自己三十余年坚持"业余创作"这份功业？

起伦：可以一言以蔽之，如鱼饮水，甘苦自知。诗歌，是灵魂的事业！我用了三十多年时间体会和验证这句话。

　　爱上诗歌三十多年。其中，2000 年我参加《诗刊》举办的第 16 届"青春诗会"之后，因这样那样的原因一度中止写作十年。2011 年回归诗歌。至今还清晰地记得，1992 年 5 月，《诗刊》在四川乐山举办全国青年诗人笔会，我和《诗刊》老编辑王燕生老师有段简单对话。我说，我是一个大学本科数学专业出身的军人，写诗，或许是美丽的错误。燕生老师认真地看着我，说："不，不是美丽的错误，是生命的必然！"并将此话写在我的留言笔记簿上。在诗歌之路上，正是我的这种出发、进入、淡出与回归，让我慢慢体悟到，诗歌于我，的确是关乎时间、关乎生命、关乎灵魂的事情。写诗，便是灵魂对逝去岁月的深情回望，是对生命最高形式的致敬！

　　我不知道我的诗是否能留下来成为别人的记忆；也不敢有太大奢望。因为我深知，我最好的诗歌还没写出来！还清楚记得 2014 年 8 月，我到青海参观王洛宾纪念馆，展柜中展览着王洛宾的一份手迹。他说希望自己的歌能被传唱五百年。我就想，我若写诗一辈子，最终是否可以留下十行八行，能在五十年后还有一两个人记得呢？多少人写一辈子最终没有一行诗让人记住啊！想到这里，便忍不住落下泪来……三十多年来，诗歌于我，就像一位若即若离无法确凿追到手的情人，她太过优雅，在她的美的映照下我常常自惭形秽。她带给我太多神秘的欢欣还有莫名的苦恼；我从不恨她，只深深爱她！有一句自我解嘲、自我安慰的话："写意的人生，诗意的存在。"

我想，我在内心极其宁静或者说灵魂出窍时，也许写出过几行出乎自己意料的诗行。这些诗行与其说是我的笔写下的，不如说是一种神的恩赐。为自己能问心无愧地承纳这份神恩，我时刻提醒自己，必须经常性地保持孤独和极度的专注。

总之，我要深深地感谢文学、感谢诗歌！

刘羊：诗人结社是中国文人的古老传统和动人风景。就湖南诗界来说，你在"6+0""浏阳河西岸""二里半诗群"倾注了很多心力，影响激发了很多朋友。你对移动互联网时代的诗歌群体建设有何建议？

起伦：文人结社、诗友唱和古来有之，确是件赏心悦目的事。诚如你所言，我参与过"6+0""浏阳河西岸""二里半诗群"这样几个群体，也倾注了自己很多心力。不知你注意到没有，这几个群体都是比较纯粹的文学群体，是些热爱诗歌的朋友的自由组合。没打任何旗号，没提任何主张，没发任何宣言，参与者风格各异，追求不同，互相尊重，互相鼓励，即使批评，也是本着善意、基于文学本身的批评。我喜欢这样的氛围，在这些群体里自己也获得了快乐和进步。而同时，我十分清楚，文学创作是一件纯个体的手工劳动，没有固定程式和生产流程。关于这个话题，几年前，我和聂沛曾有过一次交流。聂沛说要远离诗坛，"只想和几个好兄弟，扎扎实实写出点好作品，以安慰心灵，及其他永远的孤独"。我自己则写了一则随笔，题目叫《好的诗人像孤岛，应该与模糊不清的大陆划清界限》。

我很喜欢一生四次获得普利策奖的美国诗人弗罗斯特。他是个具有浓厚个人主义色彩的家伙，不喜欢结党结社，自认是"独来独往的一匹狼"。我欣赏他的一句颇有意味的话："我本能地拒绝属于任何流派。"

我对移动互联网时代的诗歌群体建设谈不上什么建议。倒是想说，一个人如果立志成为诗人，就必须让自己完全沉静下来，抵近自己的灵魂，聆听其歌唱。像一条河，坚韧地穿越漫长的岁月和现实的城乡；像月光，逼近又凌空，关照着大地。我想，清风入耳，心灵深处会产生某种强烈共鸣，完成内心辽阔的自由。

刘羊：谢谢你抽出一段宝贵时光和我聊天！我们一起为诗歌的纯粹而努力。

起伦：谢谢。我们的聊天如此坦诚又愉悦，像大地完美地呈现在正午的阳光下。